Das Dating Desaster

© fineBooks Verlag Berlin 2018
Verleger: Alexander Broicher

Gestaltung: Guido Klütsch
Autorenbild: Jane Reynolds

Herstellung und Verlag: fineBooks Alexander Broicher

Die Deutsche Nationalbibliothek verzeichnet diese Publikation in der Deutschen Nationalbibliografie.

Printed in Germany.
ISBN: 99783981949360

Jan Wilhelm Buhrmann

DAS DATING DESASTER

ROMAN

*Für
Jane und Jochen*

Rrrriiiing Rrrrriiiinng! Hanfris Handy klingelte lautstark in sein Ohr... *Rrrriiiinng!* – .... und jeder Ton ließ seinen verkaterten Kopf schmerzvoll vibrieren. Hammerwerfen in der Schädelhalle. Langsam und qualvoll tastete sich seine Hand unter der Decke hervor und griff nach dem Handy.

„Hallo?", hustete er in den Hörer.

„Hanfri!", schrie es durch die Ohrmuschel. „Alter, schau mal auf die Uhr! Du bist zu spät!" Langsam, ganz langsam richtete Hanfri sich auf.

„Was ist los? Zu spät? Wofür?"

„Alter Schwede, es ist 2 Uhr mittags. Du bist eine volle Stunde zu spät. Herrenfrühstück! Hast du es etwa vergessen? Attacke!", brüllte Jochen durchs Telefon.

Verdammt. Echt schon zwei Uhr? Hanfri hatte sich bereits vor einer Woche mit Jochen verabredet. Herrenfrühstück nannten sie es, wenn sie sich am Sonntagmittag trafen. Es begann in der Regel mit einem Reparaturpils. Dem folgten dann weitere, bis sie schließlich einige Stunden später und leicht angeheitert beschlossen, den Sonntag bei weiteren Bieren, einem Glas, oder besser gesagt *einer Flasche* Wein auf der Couch beim Tatort enden zu lassen.

„Kumpel", krächzte Hanfri, „ich glaube, ich habe verpennt, Herrenfrühstück heute? Ich bin verkatert."

„Jammer nicht und beweg deinen faulen Arsch her!". Wenn es ums Herrenfrühstück ging, konnte Jochen unerbittlich sein.

„Ich marschiere kurz unter der Dusche lang, gib mir eine halbe oder besser eine Dreiviertelstunde.“

„Gib Gas, Alter.“

„Ja!“ Hanfri legte auf und quälte sich gezwungenermaßen aus seinem Bett. Er stolperte ins Bad und versuchte sich ein wenig ins Diesseits zu befördern.

Eine Stunde später trottete er ins „Schwarze“ am Savignyplatz in Charlottenburg. Das Schwarze Café, von Berlinern gerne kurz nur „Schwarze“ genannt, ist ein traditionelles Café-Restaurant. Urig ist es und vor allen Dingen bekommt man hier 24 Stunden am Tag Frühstück.

„Verdammt siehst du durchgekaut aus“, begrüßte ihn Jochen breit grinsend.

„Sorry für die kleine Verspätung.“

Hanfri ignorierte Jochens Kompliment, er war immer noch verkatert. Jochen hingegen sah aus wie immer. Frisch aus dem Ei gepellt. Die schwarzen Haare zurückgegelt, weißes Hemd mit Initialen, Manschettenknöpfe, Designerjeans und schwarze, knöchelhohe Stiefel. An seinem linken Handgelenk funkelte eine fette Breitling.

„Warst du gestern auf Tour?“

„Ach, wenn es das gewesen wäre. Ich habe den Abend auf der Couch verbracht und irgendwie habe ich mir dann zwei komplette Staffeln von *Sex and the City* angeschaut und schwupsdiwupps waren zwei Flaschen Rioja leer. War echt nicht meine Absicht.“

„Geht's noch?“, brauste Jochen auf, „du guckst immer noch diesen Weiberkram? Ich dachte, das hättest du jetzt nach der Trennung von Bianca nun endlich hinter dir?“

„Na ja, es sind ja eigentlich auch ihre DVDs, aber sie hat halt Staffel Fünf und Sechs bei mir vergessen. Und hin und wieder schaue ich sie mir dann doch wieder an. Der alten Zeiten wegen, weißt du."

„Du bist echt durch. Wie lange ist es jetzt her, dass sie dich verlassen hat....wegen diesem Unternehmensberater, wie hieß er noch gleich?" Jochen machte eine symbolische kurze Pause, nippte an seinem Bier.

„Caspar, ihr Vorgesetzter", löste Hanfri das Ratespiel. Jochen und er kannten sich schon seit Schultagen. Als Hanfri vor zwei Jahren nach Berlin zog, war er froh mit ihm einen guten Freund in der Stadt zu wissen.

„Also wie lange bist du jetzt wieder auf dem Single-markt?"

„Seit vier Monaten, zwei Wochen und drei Tagen."

„Du zählst tatsächlich noch die Tage?" Jochen verdreh-te die Augen und zeigte ihm einen Vogel. „Alter, du bist mein bester Freund und ich lasse nicht zu, dass du der im-mer noch nachtrauerst. Hier, trink!", er schob ihm ein ab-gestandenes Bier rüber. Hanfri begutachtete es angewidert.

„Das schaut eklig aus", wehrte er ab.

„Habe schon vor ner halben Stunde mit dir gerechnet, jetzt zieh schon ab, damit du wieder zu dir kommst."
Zaghaft setzte er das Bier an und es schmeckte entsetzlich. Er fühlte die Abrissbombe in seinem Kopf. Aber er sah Jo-chens Blick und wusste, dass er nun keine Memme sein durfte. Der zweite Schluck schmeckte ein wenig besser und der dritte erweckte in ihm die Hoffnung, dass der Kater und die Kopfschmerzen allmählich einem leichten Rausch weichen könnten.

Vor zwei Jahren war Hanfri mit und vor allen Dingen wegen Bianca von Osnabrück nach Berlin gezogen. Sie hatte ein Jobangebot bekommen, das sie unmöglich ausschlagen konnte, geschweige denn wollte. Und er? Er war einfach mitgezogen, ohne einen Job zu haben. Nach einigen Wochen Suche hatte Hanfri dann schließlich einen gefunden. Das ist ja das Schöne an Berlin: Irgendwie findet man immer Arbeit. Auch wenn es vielleicht nicht gerade der Traumjob ist. Denn Hanfris Job war langweilig, sterbenslangweilig sogar. Reklamationsmanagement bei der BVG, der Berliner Verkehrsbetriebsgesellschaft. Alles andere als ein super bezahlter, schon gar nicht ein erfüllender Job. Aber Bianca verdiente gut und somit war Hanfri bereit, dieses Opfer zu bringen.

„Du trauerst Bianca immer noch hinterher, oder?" Jochen sah ihn prüfend an. Hanfri stützte die Ellenbogen auf den Tisch, legte seinen Kopf in die Hände und schaute nachdenklich ins Nichts.

„Weißt du, ich dachte ehrlich, Bianca wäre meine Frau fürs Leben."

„Aber zum Schluss hat sie dich eiskalt abserviert."

„Ja, schon. Das Ende war nicht gerade schön, ich hätte es auch kommen sehen müssen." Er machte eine kurze Pause. „Aber ich dachte einfach, das sei nur ein kleines Tief unserer Beziehung und dass alles wieder werden würde. Wir hatten so viel gemeinsam und irgendwie macht gerade alles ohne sie keine rechte Freude mehr." Die Trennung hatte ihn damals knallhart erwischt. Als er von der Arbeit nach Hause kam, hatte sie ihre Möbel schon alle weggebracht und stand mit zwei Koffern vor ihm.

„Hanfri, es ist vorbei, ich ziehe aus." Eigentlich hätte er all die Anzeichen erkennen müssen. Immer seltener Sex, dafür ständig Überstunden bei Bianca, ihre vermehrten *Mädelsabende.*

„Jetzt hör mir mal kurz zu", fing Jochen an. „Bianca hat dich wirklich verletzt, das hast du einfach nicht verdient. Du bist nämlich ein feiner Kerl. Verstehst du, sie ist es nicht wert, dass du dich so derart gehen lässt. Kumpel, das geht so nicht weiter. Wir brauchen eine neue Frau für dich, damit du endlich wieder auf den Damm kommst." Hanfri reagierte nicht und starrte gedankenverloren die Wand an.

„Du brauchst mal wieder einen richtigen Fick!", riss Jochen ihn aus seinen Gedanken.

„Hä, was?"

„Vögeln, poppen, mal richtig einen wegstecken."

„Jochen!"

„Was, ist doch so! Versuchst du eigentlich, also ich meine so proaktiv, Frauen kennenzulernen?"

Ertappt! Denn Hanfri tat rein gar nichts, um seinem Trennungsstimmungstief zu entfliehen. Bianca und er waren immerhin zehn Jahre zusammen gewesen. Und nach zehn Jahren brauchte man halt für alles ein wenig länger, da verlernt man schon mal, wie richtig geflirtet wird.

Hanfri redete sich das immer wieder ein. Jedenfalls verging kein Tag, an dem er nicht an Bianca dachte. Er hatte sich eigentlich schon länger Kinder und Familie gewünscht. Aber als es mit Biancas Job bergauf ging und sie begann die Karriereleiter weiter nach oben zu steigen, gab es für sie nur noch den Job. Wenn sich Prominente trennen, dann sagen die immer, sie hätten sich auseinandergelebt. So ist es ihnen wohl auch ergangen, dachte Hanfri und er verlor sich in seinen Gedanken an Bianca.

„Hanfri? Versucht du überhaupt neue Frauen kennenzulernen?"

„Na ja, also weißt du, das ist nicht so einfach, wie du dir das vorstellst." Es folgte ein kurzes Schweigen.

„*FindHer*'!", rief Jochen plötzlich.

„Was für ein Ding?"

„*FindHer*, heute triffst du deine Traumfrau nicht mehr auf der Straße, sondern auf Dating-Apps", klärte Jochen auf. „Lade dir die mal herunter!"

„Was?", gab sich Hanfri unwissend. Eine Steilvorlage für Jochen, denn der fing nun an zu philosophieren: „Du hast ja keine Ahnung, welche Frauen ich auf meinen Reisen und auch hier in Berlin so schon alles getroffen habe. Da war alles drin, von Blümchensex bis hin zu richtigen Ludern. Das ist genau das Richtige für dich." Jochen redete lautstark, sodass die anderen Gäste an den Nebentischen alles mitbekommen konnten. Verlegen schaute sich Hanfri um. Hoffentlich hörte ihnen jetzt keiner zu. Er wollte irgendwie versuchen, dieses Gesprächsthema zu stoppen.

„Mhm, neee, das klingt nicht so nach meinem Ding. Weißt du, ich bin da ja eher old school. Vielleicht muss man da manchmal etwas mehr Geduld haben, aber dieses Online-Ding... Nee, Jochen, ich weiß ja nicht."

„Oh, du hast eine bessere Idee? Gibt es da eine Dame, von der ich nichts weiß?", stichelte Jochen.

Hanfri dachte angestrengt nach, irgendwie musste er aus dieser Sackgasse herauskommen. Laura. Die Rettung hatte nun einen Namen. Sie hatten sich vor einigen Wochen im Flur der BVG kennengelernt. Kennengelernt ist eigentlich nicht das richtige Wort. Hanfri war auf dem Weg in die Kaffeeküche völlig gedankenverloren in sie hineingerasselt, sodass Laura ihren Kaffee über ihre Bluse gegossen hatte. Sie schrie auf und Hanfri schaute sie erschrocken an.

„Kannst du nicht aufpassen?“, blaffte sie ihn an. „Soll ich jetzt den ganzen Tag so rumrennen?“

„Oh verdammt, das tut mir Leid. Das wollte ich nicht“, stammelte Hanfri.

„Na, das wäre ja noch schöner.“

Hanfri zog seinen Sweater aus und reichte ihn ihr.

„Kannst das anziehen.“

„Danke.“ Laura nahm den Sweater an und ein kurzes Lächeln huschte über ihr Gesicht.

„Gib ihn mir einfach zurück, wenn du ihn nicht mehr brauchst.“

„Und wo finde ich dich hier?“

„Sitze da hinten im Büro.“

Hanfri zeigte mit dem Finger auf die Bürotür am Ende des Korridors.

„Beschwerdemanagement?“ Er nickte schüchtern und ging einfach weg. Vielleicht könnte er Jochen damit ruhig stellen?

„Na ja, da ist eine nette Kollegin auf der Arbeit.“

„Und?“, hakte Jochen nach, „hast du dich schon einmal mit ihr getroffen?“

„Nee, das geht ja nicht so schnell.“

„Unterhalten?“

„Ja", Hanfri zögerte, „also ein wenig, aber auch nicht richtig."

„Jetzt hör mir mal gut zu, Hanfri, vergiss all deine alten Tugenden. Ehrlich, jetzt ist es an der Zeit, die Sau rauszulassen. *Mann zu sein*, das Leben zu genießen." Jochen konnte sich nicht stoppen und erzählte detailgenau von sämtlichen Eroberungen der vergangenen Monate, die er über *FindHer* gemacht habe. Hanfri hörte nicht zu, seine Gedanken kreisten um Bianca, mal wieder.

„Ich bestelle uns noch eine Runde. Willst du eigentlich was essen?"

„Was?" Hanfri blickte Jochen etwas abwesend an.

„Willst du was essen?"

„Ja, ich nehme einen strammen Max."

Das restliche Herrenfrühstück verlief wie gewohnt. Sie tranken ein paar Bier, aßen ein wenig und erzählten sich jede Menge. Obwohl, eigentlich war Jochen derjenige, der die ganze Zeit erzählte und zwar nur von *FindHer* und seinen ganzen Dates.

Einige Stunden später fanden sie sich leicht angetrunken und mit bester Laune in Hanfris Wohnung wieder. Obwohl Bianca schon vor vier Monaten ausgezogen war, klaffte überall, wo einst ihre Möbel standen, nun eine weiße Lücke. Na ja, nicht ganz: den fehlenden Couchtisch hatte er durch zwei alte Weinkisten ersetzt. Als Jochen das Wohnzimmer betrat, schaute er sich um und schnappte sich alles, was nach DVD und *Sex and the City* aussah, ging auf den Balkon und warf es in hohem Bogen auf die Straße.

„Ey, was soll der Scheiß?", kläffte Hanfri.

„So, Hanfri, das Problem hätten wir schon mal aus der Welt. Und nun zu dir. Gib mir mal dein Smartphone."

Hanfri wusste, dass Jochen keine Ruhe geben würde und reichte ihm widerwillig sein Handy. Triumphierend mit dem Handy in der Hand sagte Jochen feierlich: „Jetzt laden wir dir die App runter und schauen mal, dass du auf neue Gedanken kommst."

„Meinetwegen mach das, aber können wir uns morgen oder auch übermorgen darum kümmern?" Jochen ließ sich jedoch nicht aufhalten und fummelte weiter an Hanfris Handy rum.

„Ich habe es gleich, Momentchen noch. Und bitte sehr. Nun hast du *FindHer* auf deinem Handy."

„*Morgen*, lass uns das *morgen* machen, ich bin da jetzt echt nicht in der Stimmung für. Komm, lass uns was trinken. Ich mach uns jetzt einen Riesling auf, der wird dir schmecken." Hanfri hoffte, Jochen käme so zur Ruhe. Aber eigentlich hätte er ihn ja besser kennen müssen. Sogleich machte sich Jochen daran, ein *FindHer*-Profil anzulegen. Pausenlos murmelte er irgendwas vor sich hin: „Ja, Anmelden über facebook, weiter. Ja, ich suche eine Frau. Darf *FindHer* auf deinen Standort zugreifen? Logisch. Darf *FindHer* Dir Push-Up-Nachrichten senden? Ich bitte darum. Hanfri? Wie alt darf die Teuerste denn sein?"

„Was?"

„Wie alt darf die Frau sein?"

„Keine Ahnung, zwischen 33 und 37 halt."

„Bist du deppert? Da kriegst du doch nie eine ab! 25 bis 42. Du solltest unbedingt mal was mit einer Jüngeren anfangen. Ältere haben übrigens auch ihren Reiz, die sind sexuell immer so ausgehungert. Toller Sex, sage ich dir." Er tippte weiter. „Erzähl was über dich." Hanfri schaute auf die weißen Lücken in seinem Wohnzimmer.

„Keine Ahnung." Er dachte einen kurzen Moment nach. „Männlich, 36, braune Haare, braune Augen und 175 cm groß?"

„Oh mein Gott, das ist doch total Achtziger, damit kommen wir nicht weit. Es sollte schon ein wenig intellektueller sein." Nachdenkliches Schweigen.

„Wirkliche Einsamkeit hat nicht unbedingt etwas damit zu tun, wie alleine man ist."

„Wie bitte?"

„Charles Bukowski."

„Vielleicht eine Spur zu intellektuell und definitiv zu melancholisch. *Ich suche dich, um der Monotonie des Alltags zu entfliehen. Und wer weiß, vielleicht bist DU ja der Grund, sich hier endlich wieder abzumelden.*" Zufrieden lehnte sich Jochen zurück. „Wenn da keine anbeißt, hole mich der Teufel." Hanfri öffnete eine Weinflasche, schenkte ein und reichte Jochen sein Glas.

„Prost, Kumpel", raunzte er Jochen zu. Der schnappte sich das Glas und widmete sich wieder *FindHer*. Hanfri schaltete das Erste ein. Er wollte nur noch Tatort schauen.

„Alter, was hast du eigentlich für Profilbilder bei Facebook? Das geht ja mal gar nicht", meckerte Jochen.

„Wieso? Die sind doch ganz normal?"

„Genau, *normal*, wir brauchen aber nichts Normales. Mann, Mann, Mann, du machst es mir wirklich nicht gerade einfacher."

„Moment einmal, wer hat den mit dem ganzen *Find-Her*-Kram angefangen?"

„Finde ich auf deinem Handy irgendwelche Urlaubsfotos oder so?"

„Ja, in der Galerie." Jochen durchstöberte Hanfris Bilder.

„Sag mal, wie viele Fotos von Bianca hast du eigentlich noch auf deinem Handy? Ich lösche die mal, ja?"

„Bist du wahnsinnig?", blitzartig drehte er sich zu Jochen und versuchte, ihm sein Handy entreißen.

„Keine Sorge, ich lösche sie nicht", beruhigte er ihn. „Aber ich schneide sie aus den Bildern raus. Urlaubsbilder machen sich immer gut im *FindHer*-Profil. Einen kleinen Moment Geduld noch, ich bin gleich soweit. Und bitte!", Hanfri reagierte nicht und folgte gebannt dem Tatort. Jochen hielt ihm sein Handy unter die Nase und begann einfach drauf los zu erklären.

„Also, das funktioniert hier so: Dir werden immer die Bilder von den weiblichen Teilnehmerinnen angezeigt und du kannst dann entscheiden, ob sie dir gefällt oder nicht. Bei Gefallen einfach nach rechts wischen, bei Nichtgefallen nach links. Komm, ich zeig dir das mal. Die hier sieht doch nett aus, einfach rechts wischen. Und wenn ihr euch beide geliked habt, dann habt ihr einen *Match* und ihr könnt euch anfangen zu schreiben." Ohne sich die Bilder auch nur eine Sekunde lang anzuschauen, wischte Jochen wahllos nach rechts.

„Hey, Moment , die da war blond, ich stehe nicht auf blond."

„Egal", raunzte Jochen, „wir müssen dir erst einmal ein paar Likes besorgen. Und vielleicht ist die ja mittlerweile auch brünett, wer weiß das schon", und wischte fleißig weiter nach rechts.

„Na, wenn du meinst." Nach einer weiteren Viertelstunde wilden Wischens legte Jochen das Handy auf den Couchtisch.

„So, das sollte für's Erste reichen." Er lehnte sich zurück, nahm sein Weinglas, schenkte sich ein und prostete seinem Freund verheißungsvoll zu: „Auf die neuen wilden Zeiten."

„Prost. Und was passiert jetzt?"

„Nichts."

„Nichts?"

„Also Hanfri, jetzt müssen wir warten. Denn nun wischt die Berliner Damenwelt bei deinem Profil fleißig nach rechts. Und wenn wir sie auch schon geliked haben, dann erscheint in Bälde eine Nachricht auf deinem Bildschirm. Verstanden?"

„So halbwegs."

Jochen zeigte auf den Fernseher: „Münchener Tatort?"

„Ja, und das schon seit einer Dreiviertelstunde."

„Habe ich was verpasst?"

„Zwei Leichen."

„Kannst du mir noch schnell die Handlung erklären?"

„Also Batic und Leitmayr ermitteln dieses Mal in der Münchener Brauerei- und Bierszene. Ein bekannter Braumeister wurde unter mysteriösen Umständen umgebracht. Seine Witwe vermutet eine Oktoberfestverschwörung."

„Seine Witwe, war das die im heißen Dirndl?"

„Ja.“

„Mehr brauch ich nicht zu wissen. Toller Tatort, diesen Sonntag. Endlich mal wieder, das muss ich gleich mal twittern.“ Sie schauten gemeinsam den Tatort und Hanfri musste Jochen manchmal bei der Handlung helfen. Am Ende war es dann doch keine Oktoberfestverschwörung, sondern ein Mord durch die verstoßene Jugendliebe, die nach der Trennung viele Jahre aufgrund psychischer Erkrankungen in sämtlichen Sanatorien verbrachte hatte. Halt wieder so ein Psychokram.

Nach dem Tatort verabschiedete Jochen sich mit den Worten: „Hanfri, wir schreiben uns morgen tagsüber. Morgen Abend hätte ich Zeit, lass uns treffen, dann reden wir noch einmal über *FindHer*.“

Montagmorgen, 9 Uhr. Hanfri betrat das Bürogebäude der BVG, der öffentlichen Berliner Verkehrsgesellschaft. Er teilte sich ein Büro mit seinen Kollegen Andreas und Bernd. Hanfri mochte die beiden, vielleicht weil sie so unterschiedlich waren. Andreas war mit 1,95m gut einen Kopf größer als er, hager, ja fast schon schlaksig. Er hatte ein Faible für Karohemden und seine Hosen hatten immer ein wenig Hochwasser.

Bernd war das genaue Gegenteil: etwas untersetzt, ein paar Kilo zu viel auf den Rippen. Er war ein richtiger Genussmensch und hatte immer was zum Naschen in seiner Schreibtischschublade. Wenn ihm das Mittagessen in der Kantine besonders gut geschmeckt und er dreimal zum Buffet gegangen war, lockerte er seinen Gürtel und öffnete immer ganz unauffällig den obersten Hosenknopf. Doch sie unterschieden sich nicht nur rein optisch, sondern auch vom Charakter. Andreas war gesprächig, während Bernd eher der schweigsamere war.

Gemeinsam waren sie für das schriftliche Beschwerdemanagement zuständig. Sich den ganzen Tag mit meckernden Kunden abgeben zu müssen und dabei noch die nötige Freundlichkeit zu bewahren, konnte man nun wahrlich keinen Traumjob nennen. Dafür gab es jedoch geregelte Arbeitszeiten, viel Freizeit, 13. Monatsgehalt, Urlaubsgeld und selbstverständlich eine kostenlose Jahreskarte für die BVG, was ja auch was für sich hatte.

Im Grunde genommen hatte es Hanfri gar nicht so schlecht getroffen. Nicht zu beneiden hingegen waren die Kolleginnen und Kollegen der Telefonzentrale, der sogenannten „Schlichtungsstelle". Und für die im Kundencenter empfand er nur noch tiefstes Mitleid.

E-mails konnte man ganz in Ruhe beantworten und ei-eigentlich war es geradezu lächerlich einfach. Meistens benutzten die drei immer die gleichen Floskeln, also quasi „Copy-Paste" der vorangegangenen E-mails. Hanfri hatte nicht schlecht gestaunt, als ihm an seinem ersten Arbeitstag erklärt wurde, dass sämtliche beschwerderelevante „Fahrgastrechte" auf der BVG-Homepage und die Mindestrechte der Fahrgäste öffentlicher Verkehrsmittel sogar in einer Europäischen Verordnung zusammengefasst seien. Allerdings stellte sich bald heraus, dass die meisten Beschwerden ganz anderer Natur waren: Verspätungen erfreuten sich ebenso großer Beliebtheit wie entnervte Busfahrer. Überfüllte U-Bahnen bei den Stoßzeiten waren auch immer gut für eine Beschwerde. Die BVG hatte nicht gerade das beste Image in der Stadt, unbeliebter war lediglich die BSR, die Berliner Stadtreinigung.

Die drei Kollegen verstanden sich auf Anhieb gut und machten sich den Arbeitsalltag nicht gerade sonderlich schwer. Wie jeden Montagmorgen hatte sich über das Wochenende der E-mail-Account mit unzähligen Beschwerden gefüllt. Es war mittlerweile zum Montagsritual geworden, sich gegenseitig die besten Beschwerden laut vorzulesen und gemeinsam zu überlegen, was sie am liebsten antworten würden. Andreas zeigte sich dabei immer besonders kreativ und manchmal befürchteten Bernd und Hanfri, Andreas würde seine schrägen Ideen wirklich verschicken.

12.30 Uhr und endlich Mittagspause. Andreas und Bernd wollten noch zwei Beschwerden bearbeiten und so trabte Hanfri alleine in die Kantine. Er holte sich sein Essen und suchte einen freien Platz.

Am Tisch zog er sein Handy aus der Tasche und erinnerte sich an Jochens gestrige Verabschiedung: „Hanfri, wir schreiben uns morgen tagsüber. Morgen Abend hätte ich Zeit, lass uns treffen, dann reden wir noch einmal über *FindHer.*" Hanfri schaute auf sein Display, eine Benachrichtigung von *FindHer. Glückwunsch, du hast vier neue Matches.* Er konnte seine Neugierde nicht unterdrücken und öffnete zum ersten Mal die App. Rechts oben blinkte ein kleiner roter Punkt, wahrscheinlich ein Hinweis, dort mal zu klicken. Richtig. Nun sah er die Profilbilder seiner Matches und deren Namen:

Zauberfee123

EinfachNurIch

Me&Myself&MaybeU

Globetrotterin

Was sind denn das für Namen?, fragte sich Hanfri. Wo um alles in der Welt hatte ihn Jochen da nur angemeldet? Er tippte auf eins der Profilbilder und sofort ging ein Chatfenster auf. „Verdammt", fluchte Hanfri leise und überlegte kurz, was er denn nun schreiben sollte: *Hallo, wie geht's denn so? Hat deine Woche auch so langweilig angefangen? Wie war dein Wochenende?* Hanfri hatte keinen

Plan. Oh Mann, wie er Jochen in diesem Moment verfluchte! Auf diesen ganzen Datingscheiß hatte er wirklich gerade keinen Bock. Die Trennung von Bianca war ja auch noch ziemlich frisch, zumindest fühlte es sich so an.

„Darf ich mich zu dir setzen?"

Erschrocken schaute er hoch. Laura.

„Wie?", schnell drehte er sein Handy um.

Sie lächelte ihn an.

„Na, du brauchst doch nicht etwa den ganzen Tisch für dich alleine, oder?"

„Ähm ja, ich meine *Nein*, natürlich nicht. Setz dich doch bitte."

„Und wie war dein Wochenende so?"

„Was?"

„Dein Wochenende? Es ist Montag, der Tag nach Sonntag." Hanfri musste umschalten, in seinem Kopf flogen noch die ganzen Profile von *FindHer* umher. Er rutschte etwas nervös auf seinem Stuhl hin und her.

„Ja, okay, normal, entspannt, also nichts Aufregendes halt", brachte er stotternd heraus. Laura fing an zu essen. Sie saßen sich schweigend gegenüber und Hanfri fühlte sich alles andere als wohl dabei. Hatte sie etwa gesehen, dass er auf seinem Handy an *FindHer* rumgefummelt hatte? Warum musste sie sich ausgerechnet jetzt zu ihm setzen wollen? Ärgerlich, denn Laura war ja echt ganz süß. Sie hatte diesen irren Wuschelkopf, lauter rotblonde Korkenzieherlocken. Zudem war sie halbe Irin und war in Irland bei ihrer Mutter aufgewachsen. Deutsch war also ihre zweite Sprache und sie hatte einen herrlichen Akzent.

„Na, irgendwas wirst du ja wohl gemacht haben?“, brach Laura das Schweigen und riss ihn aus seinen Gedanken.

„Habe mit nem Kumpel Tatort geguckt.“

„Klingt spannend.“

„Nee, war scheiße, also der Tatort, wieder so ein Psychokram.“

„Ja, was ist nur aus dem guten alten deutschen Krimi geworden?“, erwiderte Laura.

Oh nein, bitte jetzt keine Tatort-Philosophie-Grundsatzunterhaltung, dachte Hanfri. Nicht, dass er solche Diskussionen nicht mochte. Ganz im Gegenteil. Er war großer Tatort-Fan, aber das war nun genau der falsche Zeitpunkt. In seinem Kopf fand gerade das reinste Gehirngulasch statt. *FindHer*, Jochen, und jetzt noch Laura. Wochenlang hatten sie sich einfach nur im Flur angelächelt und nun setzt sie sich mir nichts, dir nichts zu ihm an den Tisch. Sein Handy piepte.

„Du hast ne Nachricht bekommen, Hanfri.“

Unsicher zog er sein Handy aus der Tasche. Nachricht von Jochen: *„Und, schon ein Match?“*

„Ich muss jetzt auch wieder an meinen Schreibtisch. Schönen Tag dir noch.“ Hanfri stand auf, Laura sah ihn etwas verdutzt an. Er konnte das jetzt nicht, oder besser gesagt, er wollte sich jetzt nicht mit ihr unterhalten.

„Ja, dir auch, wir sehen uns!“, rief sie ihm hinterher. Auf dem Weg ins Büro schrieb er Jochen zurück: „Großes Kino, Kumpel. Zauberfee123 und eine sogenannte *Globetrotterin* haben mich bei *FindHer* gematched. Ganz toll.

Und ich dachte, es wäre was Seriöses. Ich lösche sofort diese App. Du schuldest mir was!"

„Nix da! Nicht abmelden, nicht auf die Matches antworten, wir treffen uns um 18.30 Uhr in der Bar *Lebensstern*. Bin im Meeting. Später mehr."

Der restliche Nachmittag im Büro verlief grauenvoll. Ständig starrte Hanfri auf die Uhr und seine Gedanken kreisten um Jochen, das skurrile Mittagessen mit Laura, aber vor allen Dingen um *FindHer*. Hatte Jochen gar Recht, dass er sich mal wieder mit einer Frau treffen sollte? War er nun unfähig, sich mit Frauen zu unterhalten? Wusste er überhaupt noch, wie man flirtet? War er für Frauen überhaupt interessant? Insbesondere die letzte Frage ließ Hanfri nicht los.

War er eigentlich für Frauen interessant? In seinen Gedanken fragte er sich selbst aus: Hatte er einen aufregenden Job? Nein. Kann er sie zu einem fancy Dinner im Sterne-Restaurant einladen? Fehlanzeige. Was sollte er dann bei einem Date am besten machen? Die Frau in eine Cocktailbar einladen? Ja, das wäre eine Alternative, aber Cocktails schlugen bei ihm immer so schnell an. Also auch keine gute Idee. Etwas Kulturelles vielleicht? Museum? Vernissage? Vielleicht zu intellektuell.

Er fragte sich, ob Jochen eine Lösung parat hätte? Ein Blick auf die Uhr verschaffte ihm eine kleine Beruhigung: nur noch 20 Minuten bis zum Feierabend.

Direkt nach der Arbeit ging Hanfri ins *Lebensstern*, eine klassische und gemütliche Cocktailbar in Schöneberg. Besonders bekannt wurde sie, weil Quentin Tarantino im Restaurant unter der Bar die bekannte Apfelstrudel-Szene von *Inglorious Basterds* gedreht hatte. Damals waren Bar und Restaurant für mehrere Wochen geschlossen, weil nicht feststand, wann genau hier gedreht werden würde. Heute erinnert eine eingerahmte Danksagung mit Autogramm von Quentin Tarantino an der Wand daran.

Jochen wartete bereits, saß in einem schweren Ledersessel und vor ihm standen zwei Gin Tonics. Als er Hanfri sah, stand er auf und öffnete zur Begrüßung weit und theatralisch die Arme.

„Servus, altes Haus. Prost, komm, zeig mal dein Handy her!" Er schnappte es sich, öffnete *FindHer* und widmete seine volle Aufmerksamkeit der Dating-App.

„Mensch, Hanfri, das schaut doch gut aus. Also erste goldene Regel: Du antwortest jedem Match noch am gleichen Tag. Aber nicht direkt, das wirkt verzweifelt, sondern mit ein paar Stunden Abstand, verstehst du? Und bevor du antwortest, schaust du dir in Ruhe ihr Profil an. Was hat sie für Interessen, habt ihr gar welche gemeinsam? Woher kommt sie? Wo und was hat sie studiert? Da nimmst du dir ihre Bilder vor. Wenn sie nur Selfies in ihrem Profil hat, ist Vorsicht geboten. Könnte gut sein, dass du dir sonst einen Walfisch angelst. Hat sie Urlaubsbilder oder welche, die sie bei ihrem Hobby zeigen? Prinzip verstanden?" Hanfri nickte, obwohl ihm das alles ein wenig zu viel war.

„Dein erstes Anschreiben entscheidet alles. Schreibe nie, hörst du, schreibe *nie* einfach nur *Hallo* oder *Hey, wie geht's?* Das schreiben zigtausend andere Nutzer. Geh auf sie ein. Frag sie nach ihrem Hobby oder so. Aber nicht einfach nur *Was sind denn so deine Hobbies?*"

„Sondern?"

„Ich nenne dir mal ein Beispiel: Wenn sie mehrere Strandbilder in ihrem Profil hat, frag sie nach dem schönsten Strand, an dem sie sich je gesonnt hat."

„Ist echt so kompliziert?", seufzte Hanfri.

„Überhaupt nicht, mein Freund. Das nennt man gepflegten Smalltalk. Ich zeig dir das mal an einem Beispiel: Ah, die hier ist gut." Jochen lief sich scheinbar gerade warm und es begann, ihm richtig Spaß zu machen. „*Globetrotterin*, die hat lauter Urlaubsbilder von sich drin. Das hier müsste in Südamerika sein, oder? Und dieses zeigt sie in Las Vegas vorm Casino. Also, was schreiben wir ihr?"

„Keinen Plan."

„Jetzt lass halt mal deine Fantasie spielen"

„Na ja, dann schreib doch einfach: Du reist also auch so gerne wie ich."

„Nee, zu langweilig - ah, ich habe es: „*Hey Globetrotterin, hast du wieder ein Casino in Vegas geknackt? Ich habe leider nicht so viel Glück im Spiel. Lass uns doch mal gemeinsam ins Berliner Casino gehen.*"

„Und du glaubst echt, dass sowas bei den Mädels zieht? Magst du noch einen?" Hanfri zeigte auf die leeren Longdrinkgläser.

„Ja, bitte." Hanfri stand auf, ging zur Bar und bestellte noch eine Runde. Zurück am Tisch, fuhr Jochen mit seiner Datingnachhilfe fort: „Sobald du mit ihr schreibst, musst du um das Gespräch kämpfen, ja? Das ist verdammt wichtig. Und spätestens, wenn ihr euch dreimal hin und her geschrieben habt, musst du versuchen, sie auf Facebook oder Whatsapp zu locken, okay? Und vor allen Dingen darfst du nicht lange zögern, sie zu einem Treffen zu bewegen."

„Na ja, ich weiß ja nicht so recht, das ist eigentlich nicht so meine Art. Man muss sich ja auch erst einmal kennen lernen", entgegnete Hanfri skeptisch.

„Also, das ist grundlegend falsch. Die Frauen bei *Find-Her* bekommen zig Nachrichten am Tag. Du darfst keinesfalls Gefahr laufen, dass euer Chat langweilig wird. Mach diesen Fehler auf gar keinen Fall, verstanden?!"

„Okay, verstanden."

„Ha, schau mal einer an. Die Globetrotterin hat schon zurück geschrieben. Und siehe da, schon wieder ein Match. *FemaleWorkaholic.* Was für ein Name. Aber hey, zieh dir die mal rein. Mann, ist die heiß. Hat lauter schicke Bilder im Businessanzug, im Abendkleid, nicht schlecht! Und diese Beine! Ach was, sie kommt aus Heidelberg und ist derzeit in Berlin. Sehr gut. Na, was schreiben wir da?"

„Keine Ahnung - I lost my heart in Heidelberg?"

„Du bist gut, Hanfri, du bist gut. Du hast ja doch noch Flirttalent!", strahlte Jochen und tippte los.

„Hey ich habe mein Herz in Heidelberg verloren, hast du es zufällig dabei? Lieben Gruß, Hanfri."

„Das schreibst du jetzt nicht wirklich, oder?! Gib mir sofort mein Handy wieder." Jochen wandte sich demonstrativ ab und hielt das Handy in die Höhe.

„Zu spät", grinste er. Hanfri schlug die Hände über den Kopf zusammen.

„Mensch, melde mich da wieder ab. Ich habe da echt keine Lust drauf. Ich glaube, das ist nicht so meine Welt." In dem Moment vibrierte sein Handy. Jochen schaute drauf und las die Nachricht.

„Hanfri, ich glaube, du hast heute noch ein Date."

„*Was?*"

„Also unsere kleine Arbeitssüchtige hat dir soeben geschrieben. Sie hat dein Herz dabei und schlägt als geheimen Übergabeort die Bar vom Waldorf Astoria vor. Sie heißt übrigens Juliane."

„Du machst Witze." Jochen reichte ihm sein Handy.

Hanfri las die Nachricht dreimal:

„*Hey Hanfri, dein Herz habe ich dabei...* zwinkernder Smiley... *wenn du es unbedingt zurückhaben möchtest, findest du mich heute in der Bar vom Waldorf.* " Juliane sah dazu auch noch ziemlich gut aus. Jochen schaute auf die Uhr.

„Okay, es ist jetzt halb acht. Wir müssen dich noch hübsch machen. Ich schreibe ihr jetzt, dass ihr euch um 21.30 trefft."

„Nee, ich will nicht."

„Zu spät."

Wieder vibrierte das Handy und Juliane schrieb, sie freue sich, zwinkernder Smiley.

„Glückwunsch, Hanfri", strahlte Jochen ihn an, „nun hast du dein erstes *FindHer*-Date! Komm, trink aus, wir fahren zu dir."

„Wieso denn zu mir?"

„Na, in den Klamotten lasse ich dich nicht zu dem Date. Du musst dich schon ein wenig in Schale werfen."

„Anzug?"

„Quatsch, aber ne ordentliche Jeans, weißes Hemd und Jacket solltest du schon anziehen. Merk' dir das! Jeans, weißes Hemd und bestenfalls Jackett, das ist ab jetzt dein Dresscode für jedes Date."

Kaum in Hanfris Wohnung angekommen, steuerte Jochen den Kleiderschrank an: „Ich suche dir was Gescheites raus, du gehst jetzt bitte duschen. Und rasier dich."

„Soviel Aufwand? Muss das sein? Und wieso rasieren? Der gepflegte 5-Tage-Bart gehört zu meinem Look."

„Alter, mit dem Bart siehst du aus wie ein Hipster und davon gibt es in Berlin nun wirklich schon genug. Ab damit."

„Jochen, du übertreibst."

„Nicht die Spur, vertrau mir." Jochen hatte alles bereit gelegt: dunkelblaue Jeans, weißes Hemd und ein Jackett. Trotz seines mulmigen Gefühls bemerkte Hanfri, wie der Anblick des schicken Outfits ihn irgendwie in freudige Aufregung versetzte.

„So und nun müssen wir dich noch ein wenig auf dein erstes Date einstimmen. Hast du Kondome?"

„Weiß nicht, brauche ich die denn?"

Jochen schaute ihn prüfend an. „Deine Grundeinstellung ist schon einmal ganz falsch.“

„Meinst du echt, dass ich heute noch Sex haben werde?“

„Logisch.“

„Woher willst du das wissen?“

„Instinkt. Ernsthaft, die hat lauter noble Bilder bei sich im Profil, im Businesslook, im knappen schwarzen, und eines im Bikini, sie sieht schick aus, nennt sich selber Workaholic und will sich mit dir im Waldorf Astoria treffen. Was sagt dir das?“

„Dass ich wohl noch einmal am Geldautomaten vorbei muss?“

„Ja, das auch, aber was noch?“

Hanfri schaute seinen Kumpel ratlos an.

„Ich mach mit dir jede Wette, dass die im Waldorf auch ein Zimmer hat. Das klingt doch alles danach, als ob sie heute Abend noch Spaß haben will.“

„Ich weiß nicht, ob ich das echt will. Ich meine Bianca... das ist alles noch gar nicht so lange her.“

„Nicht lange her? Vier Monate nennst du nicht lange? Weißt du, wie ich das nenne?“, brauste Jochen auf.

„Nein.“

„Ich nenne vier Monate verdammt lange, viel zu lange, eine halbe Ewigkeit! Es ist für dich an der Zeit, mal aufzuwachen und wieder ins Leben zurückzukehren. Also zurück zu Punkt 1: Kondome?“

„Weiß nicht, es müssten noch welche in der Nachttischschublade liegen, glaube ich zumindest.“ Jochen stürmte ins Schlafzimmer und kramte sie hervor.

„Hanfri, du Trottel, die Dinger sind längst abgelaufen. Egal, wir kaufen dir gleich noch welche beim Späti. Weiter im Text: Was sagst du, wenn sie dich nach deinem Job fragt?"

„Mhmm, dass ich im Reklamationsbüro der Öffis sitze."

„Falsch. Du bist Teamleader im Customer Management bei der BVG - und sprich es bestenfalls englisch aus. *BiewieDschie*. Das klingt zumindest ein wenig besser. Und warum machst du diesen Job?" Hanfri zuckte mit den Schultern.

„Ganz einfach: ist sicher, top bezahlt, viel Freizeit, um das großartige Berlin zu erleben. Gib dich selbstbewusst. Schaust übrigens gut aus, so mit Hemd und Jackett, solltest du öfter tragen."

Hanfri war unsicher. Das war ja schon so ein wenig Blind Date und das hatte er bislang noch nie gemacht. Und alles mit Smalltalk war eigentlich auch nicht sein Ding. „Ich weiß nicht... Du weißt doch, dass ich nicht so gesprächig bin."

„Hör zu, frag sie, was sie gerade so in der Stadt macht, wie ihr Berlin gefällt. Schau sie immer an, lächele sie mal zwischendurch an, schau ihr in die Augen. Hörst du? Augen, das ist ganz wichtig. Du musst jederzeit sagen können, welche Augenfarbe sie hat. Frauen achten auf so etwas."

„Und was ist, wenn sie mich was fragt?"

„Dann antwortest du. Das ist doch nun nicht so schwer. Alter, ist das eigentlich dein allererstes Date?"

„Zumindest fühlt es sich gerade so an. Mann, und dann muss ich heute noch Cocktails trinken, du weißt, dass ich das nicht vertrage!“

„Okay, Hanfri. Du kennst dich doch gut mit Wein und so aus, richtig? Also du lässt es gar nicht so weit kommen bis zum Cocktail. Frage direkt nach der Weinkarte, das macht Eindruck bei den Frauen. Du erkennst schon mit deinem Kennerauge, was sie gerne trinken will und was ihr schmeckt. Also mir hast du noch nie einen schlechten Wein vorgesetzt.“ Da hatte Jochen allerdings Recht, er trank ja nicht nur gerne Wein, er las auch viele Weinbücher, Zeitschriften und so. Über Wein konnte er sich eigentlich immer unterhalten. Das schenkte ihm in diesem Moment ein wenig Mut und den konnte er auch kräftig gebrauchen, denn Jochen drängelte schon zum Aufbruch.

„Auf, auf, Hanfri, zieh dir den Mantel an und los geht's. Ich bin mindestens genauso aufgeregt wie du.“

Beim Späti um die Ecke kaufte Jochen seinem Freund noch schnell zwei Packungen Kondome.

„Zwei Packungen?“

„Falls welche reißen“, lachte Jochen.

Sie stiegen am Bahnhof Zoo aus. Zum Abschied meinte Jochen: „Lass uns noch einmal geschwind auf Julianes Profil schauen, damit du sie auch sofort erkennst. Brünettes Haar, bis über die Schultern, meistens trägt sie die offen und auf jedem Bild hat sie High Heels an.“ Er machte eine kurze Pause. „Na, dann viel Spaß, mein Lieber und enttäusche mich nicht. Halt mich auf dem Laufenden.“

Jochen schaute seinem Freund hinterher. „Hoffentlich geht das gut", dachte er und fragte sich, ob es wirklich die richtige Entscheidung gewesen war, Hanfri einfach so bei *FindHer* anzumelden. Aber es tat ihm weh, seinen Freund seit über vier Monaten leiden zu sehen. Da musste er schon ein bisschen nachdrücklicher werden, um ihm zu helfen. Gedankenverloren ging Jochen zum Bahnsteig zurück.

Vor dem *Waldorf* schaute Hanfri auf seine Uhr: 21.25 Uhr. Perfekt. Er ging durch das imposante Foyer, die großzügige Wendeltreppe hoch zur Bar. Er spürte seinen Herzschlag. Verdammt, das letzte Date war echt eine Ewigkeit her. Langsam und etwas schüchtern betrat er die Bar. Sie war wie ein langer Schlauch angelegt, links die Bar, rechts die Sitzgruppen. Er blickte um sich - und da saß sie schon am Tresen und schaute direkt in seine Richtung. *Sei selbstbewusst*, redete er sich in Gedanken gut zu. Hanfri lächelte und ging auf sie zu.

„Juliane?"

„Sag Jule. Hi Hanfri."

„Wollen wir an der Bar bleiben oder uns lieber setzen?"

„Lass uns dahinten hinsetzen", meinte sie und zeigte auf eine Sitzgruppe in der letzen Ecke. Sie stand auf und ging voran. Und wie sie ging! Mit leichtem Hüftschwung. Hanfri konnte seinen Blick nicht von ihren Hüften und ihren hochhackigen Schuhen lassen. Er hatte ganz vergessen, wie sehr er auf Frauen in High Heels stand. Sie trug einen dunkelblauen Blazer mit passendem, nicht allzu langem Rock und einer weißen Bluse. *Mein Gott, sie sieht in Natura noch besser aus als auf den Bildern*, dachte er sich. Sie setzten sich gegenüber.

„Hanfri, also. Ist das dein richtiger Name?"

„Eigentlich Hans-Friedrich, meine Eltern fanden es toll, mir die beiden Vornamen meiner Großväter zu geben. Als Kind habe ich es gehasst. Die Mitschüler haben mich

Hansi gerufen und meine ostfriesische Großmutter einfach nur Fied. Aber mittlerweile nennen mich alle Hanfri und damit kann ich ganz gut leben.“

„Ach komm“, sie lächelte ihn an, „du hättest es ja auch schlimmer treffen können, beispielsweise Athanius oder Amandus.“ Er lächelte und dachte sich, dass dies für sein erstes Date ja gar nicht so schlecht beginnt. Das machte ihm ein wenig Mut.

„Und erzähl, Hanfri, bist du schon lange bei *FindHer*?“ Bämm, das hatte gesessen. Mit jeder Frage hatte er gerechnet, aber nicht mit dieser. Sofort war er wieder zurück auf dem Boden der Tatsachen. Von wegen, das erste Date beginne gut. Wie kommt er nur aus dieser prekären Situation heraus? Er räusperte sich, versuchte so seine Antwort noch etwas herauszuzögern, doch Juliane schaute ihn neugierig an. Was würde Jochen jetzt sagen? Wenn er ihn nur fragen könnte...

„Und? Etwa schüchtern? Oder gar nervös?“, stichelte Juliane.

„Nee, Quatsch.“

„Wir können uns auch über Politik oder Wirtschaft unterhalten, nur glaube ich, dass wir dann nicht mehr als einen Drink gemeinsam genießen werden.“

Das hat wieder gesessen, ganz schön selbstbewusst.

„Ich bin noch recht neu bei *FindHer*, genau genommen gibt’s mich da erst seit gestern.“ Juliane zog prüfend eine Augenbraue hoch.

„Wie kommt's?“

„Na ja, mein bester Freund meinte, ich sollte, müsste ...und...“, stotterte Hanfri.

„Darf es bei Ihnen schon was sein oder möchten Sie erst einmal in die Karte schauen?" Sie guckten beide erstaunt hoch. Der Kellner hatte sich quasi lautlos aus dem Nichts herangeschlichen und schaute nun fragend auf sie herab. Mit einem dezenten Räuspern unterstrich er seine Frage.

„Zwei Glas Champagner, bitte", bestellte Jule, ohne Hanfris Entscheidung abzuwarten.

Champagner, oh mein Gott, was das kosten mag, dachte Hanfri, schaute den Kellner an und fügte geschwind hinzu: „Und die Weinkarte, bitte."

„Also doch mehr als einen Drink?", lächelte ihn Juliane an. „Wo waren wir stehen geblieben? Richtig, du bist noch ganz frisch bei *FindHer*, weil...", kurze Pause und dann fuhr sie fort, „lass mich raten: Dein bester Freund meint, du musst mal wieder Frauen treffen, richtig? Und das soll ich dir glauben?"

„Also das mit dem besten Freund stimmt tatsächlich und ja, ich bin seit vier Monaten wieder Single und habe seitdem auch keine Frau mehr getroffen. Vier Monate finde ich nun wirklich nicht zu lange. Aber Jochen tut immer so, als sei es eine halbe Ewigkeit", rechtfertigte er sich.

„Jochen ist also dein bester Freund, nehme ich an?"

„Ja."

„Ich bin also dein erstes *FindHer*-Date, richtig? Oder hattest du heute schon eines? Ist das der Grund, warum wir uns so spät treffen?" Jule nahm wirklich kein Blatt vor den Mund und Hanfri fühlte sich deutlich überfordert. Er hatte keinen blassen Schimmer, wie das noch weitergehen sollte. Egal, nun hatte er den Schlamassel. Einen Drink mit ihr und dann kann ich mich ja verabschieden, dachte er sich. Dann hätte er zumindest einen Grund für Jochen, sich bei *FindHer* gleich wieder abzumelden.

„Und?", unterbrach Jule seine Gedanken. Geduld war jedenfalls nicht ihre Stärke. Hanfri nahm allen Mut zusammen.

„Du bist mein erstes *FindHer*-Date. Wirklich. Warum so spät? Weil Jochen meinte, ich müsste mich vor dem Date noch frisch machen." Wenn das hier schon den Bach runterging, dann auf jeden Fall mit Stil und Ehrlichkeit.

„Süß, und du machst einfach alles, was dir dein Freund Jochen sagt?", neckte sie. Jules Fragen gingen Hanfri ein wenig auf die Nerven.

„Na ja, manchmal schon."

„So bitte, zwei Glas Roederer Brut Premier." Die Rettung, endlich was zu trinken.

„Und die Weinkarte für den Herrn." Der Kellner reichte Hanfri ein dickes Buch.

„Danke." Er legte sie beiseite, hob sein Glas.

„Prost, Jule, auf einen schönen Abend."

„Prost, Hanfri, ich mag deinen Optimismus."

„Und du, bist du..." Er machte eine kurze Pause. Sollte er jetzt einfach den Spieß umdrehen und ihr die gleichen Fragen stellen?

„Und ich?", fragte sie und schaute ihn neugierig und fordernd an.

„Und du...", begann er erneut, nahm einen Schluck Champagner, tankte Mut. „Und wir...", er stockte abermals. Neuer Versuch: „Und du hast doch bestimmt auch gleich Lust auf ein Glas Wein, oder?"

„Ich bin mir noch nicht sicher, Hanfri.“

„Rot oder Weiß?“

„Sag du es mir!“ Sie schaute ihm tief in die Augen und Hanfri musterte sie.

Schmuck: gold, nicht wenig, aber auch nicht zu viel.

Make-up: sehr gekonnt.

Lippenstift: dunkelrot.

Überhaupt hatte sie ein sehr souveränes Auftreten. In Gedanken bastelte er sich ihren Weingeschmack zusammen: Natürlich trinkt sie gerne Wein. Auf jeden Fall einen kräftigen. Etwas, was im Holz ausgebaut wurde. Keinen Weichspülerwein eben. Nebenbei schlug er die Karte auf und begann zu blättern.

„Wir trinken Weißwein“, legte Hanfri entschieden fest. „Ich denke, du bevorzugst einen eher kräftigen Wein.“ Sie nickte sanft und er merkte, dass er begann, ihre Aufmerksamkeit zu gewinnen.

„Wir könnten etwas aus dem Burgund trinken, aber ich denke, es ist heute nicht die Zeit für Chardonnay. Grüner Veltliner Smaragd aus der Wachau, das ist DEIN Wein.“

„Meinst du?“

„Ich bin mir sicher.“

„Soso.“

„Ja, genauso sicher wie die Tatsache, dass du noch mein Herz in deiner Handtasche hast.“ Sie lachte laut auf.

„Ja, richtig, das habe ich dabei. Übrigens guter Spruch. Zeugt von Kreativität.“

„Na ja, eigentlich...“, er schluckte die nächsten Worte runter. Fast hätte er sich verplappert, dass Jochen diese Nachricht geschrieben hatte. „Na ja“, fuhr Hanfri fort,

„das bot sich ja so an, wenn du schon aus Heidelberg kommst. Was machst du hier eigentlich in Berlin? Wohnst du hier oder bist du nur zu Besuch in der Stadt?"

„Ich bin beruflich ein paar Tage hier. Ich führe hier die Übernahmeverhandlungen für die Firma, in der ich arbeite. Ziemlich langweilig, aber was ist mit dir? Du wohnst hier, in dieser aufregenden Stadt?"

„Das verrate ich dir, wenn du bitte mal den Kellner herbeiwinkst", meinte er und zeigte auf ihre Champagnergläser.

„Du meinst, ich als Frau könne das besser?"

„Na klar."

„Ich könnte auch direkt zu ihm rübergehen und bestellen. Er scheint ja eh nicht der Schnellste zu sein", schlug sie vor.

„Könntest du in der Tat." Er schielte auf ihre fast leeren Champagnergläser. „Aber dann", sagte er „bitte mit Hüftschwung. Und vergiss den Wimpernschlag nicht."

„Welchen Wein soll ich bestellen?" Er reichte ihr die Karte und zeigte auf den Wein. Sie stand auf, nahm die Karte in die Hand und lief im besten Catwalk-Stil Richtung Bar. Mit offenem Mund schaute Hanfri ihr hinterher. Was für ein schönes Geschoss, dachte er. Wo mag das heute nur enden? So richtig durchschauen konnte er sie bislang nicht. Was erhoffte sie sich von ihm? Da stolzierte sie schon zurück an den Tisch.

„Erledigt, ich hoffe sehr für dich, dass mir der Wein schmeckt."

„Was, wenn nicht?"

„Dann stehe ich auf und gehe."

„Soweit muss es ja nicht kommen." Sie lächelte ihn an. Allmählich wurde Hanfri sicherer.

„Wo waren wir stehen geblieben? Richtig, also ich wohne seit zwei Jahren in Berlin."

„Und hast du auch einen Job?"

„Ich arbeite bei der BiWiDschi im Customer Management."

„Wow, das klingt doch mal spannend. Was darf ich darunter verstehen?"

„Na ja, die BiWiDschi, also, so nennen wir den öffentlichen Nahverkehr und ich kümmere mich um sämtliche Beschwerden", begann er sich zu demaskieren. „Und da ich so ein ausgeglichener Mensch bin, der sich nie aus der Ruhe bringen lässt, meinte mein Berufsberater: Wenn es einen Job für mich gebe, dann nur diesen", fügte er mit ironischem Unterton hinzu. Sie schaute ihn mit offenem Mund an. Stille am Tisch. Dann prustete sie los.

„2015er Grüner Veltliner Smaragd." Wie ein Geist hatte sich der Kellner an ihren Tisch geschlichen und hielt ihnen die Flasche vor die Nase. „Wer probiert?"

„Die Dame." Überrascht schaute Jule Hanfri an.

„Ich?"

„Na klar, und wenn er dir nicht schmeckt, bleibt dir nichts anderes übrig, als dir für den heutigen Abend einen anderen Gesprächspartner zu suchen!"

„Du weißt ja gar nicht, was ich suche", zwinkert sie ihm zu. Der Kellner schenkte ihr den Probierschluck ein. Sie nahm das Glas und ohne groß dran zu riechen, trank sie es in einem Schluck aus. Ein Lächeln huschte über ihr Gesicht und dann schaute sie ihn eindringlich an.

„Ich bleibe, das hast du nun davon!", und leckte sich ganz kurz mit ihrer Zunge über die Lippen. Das kleine Miststück.

„Einschenken bitte, und zwar großzügig", forderte sie den Kellner auf. „Wir haben Durst." Etwas pikiert folgte er ihrer Aufforderung. Sie hoben die Gläser und stießen an.

„Prost, Hanfri. Also beim Wein hast du ja schon mal ein glückliches Händchen. Auf einen schönen langen Abend." Hanfri glitt mit seinen Gedanken etwas fort und fragte sich, wann er eigentlich sein letztes Date gehabt hatte. Das musste locker schon 11 Jahre her sein. Wahrscheinlich war es sogar Bianca. Bianca. *Bloß nicht an Bianca denken!*, ermahnte sich Hanfri. Er schaute Jule an, die scheinbar darauf wartete, dass er etwas sagte.

„Wie lange bleibst du in Berlin?"

„Nur noch bis morgen."

„Und wo wohns–..." Sie unterbrach ihn mit einem vieldeutigen Lächeln, zwinkerte Hanfri mit einem Auge zu und nickte sanft Richtung Bar. Jochen hatte also Recht gehabt. Sie hatte ein Zimmer im Waldorf.

„Und du, Jule?"

„Was, und ich?"

„Ja, du und *FindHer*, meine ich."

„Ach so, ich bin da schon etwas länger als du. Ich bin beruflich oft unterwegs und arbeite auch sonst recht viel. Und immer wenn ich irgendwo unterwegs bin, schaue ich mal, wer sich da so tummelt. Sagen wir, ich suche Unterhaltung."

„Also bist du Single?"

„Wenn es dir damit besser geht, bin ich das." Während sie an ihrem Weinglas nippte, griff sie in ihre Handtasche und suchte etwas. Ziemlich auffällig und umständlich. Langsam zog sie ihre Hand wieder aus der Tasche, legte sie auf den Tisch und schaute ihn eindringlich an. Und nun sah Hanfri ihre Zimmerkarte auf dem Tisch liegen. Ganz schön durchtrieben, die überließ ja wirklich nichts dem Zufall, dachte sich Hanfri.

„Wie sieht's aus? Kommst du mit?", und sie zeigte mit ihren Augen auf die Zimmerkarte.

„Aber der Wein? Da ist noch was drin in der Flasche."

„Na und? Wir lassen ihn uns aufs Zimmer bringen. Später sind wir für eine Erfrischung dankbar." Sie stand auf. „Los, komm!", forderte sie ihn auf. „Oder gefalle ich dir etwa nicht?"

„Ähm, doch, klar." Hanfri stand auf und folgte ihr. Zielsicher ging sie Richtung Bar, legte dem Barkeeper ihre Zimmerkarte hin: „Schreiben Sie bitte alles auf Zimmer 523 und bringen Sie uns den Wein hoch. Mit viel Eis!" Sie griff Hanfris Hand und zog ihn wie ein kleines, willenloses Kind hinter sich her. Oh Mann, damit hatte er nun wirklich nicht gerechnet. Sie schleifte ihn zum Aufzug. Sein Puls raste und sein Herz schlug so laut, dass es aus seinem Brustkorb zu springen drohte. Als hätte sie es hören können, drehte sie sich zu ihm um, näherte sich seinem Ohr und hauchte: „Nervös? Brauchst du nicht zu sein. Dein erstes Date? Keine Angst, ich werde ganz sanft sein." Ihr Atemhauch machte ihn ganz verrückt.
Die Fahrstuhltür ging auf. Sie stiegen ein und Jule drückte auf den Knopf für den fünften Stock. Hanfri dachte an Jo-

chens Worte: „Du musst der Dominante sein, Hanfri, verstehst du?", und sammelte seinen ganzen Mut. Er ging auf
Jule zu, packte ihren Kopf und küsste sie. Ihre Hände krall-
ten sich in seinen Hinterkopf, sie hob das rechte Bein und
rieb es an seiner Hüfte. Unmöglich seine Erektion zurück-
zuhalten. Und wie sie küsste. Seine Hände umfassten ihren
knackigen Po.

Dring. Die Fahrstuhltür ging auf. Angekommen. 5. Stock.
Er griff ihre Hand und zog sie aus dem Aufzug heraus: „Wo
lang?"

„Da!", sie zeigte nach rechts. Ihre Schritte wurden immer schneller, da stoppte er, zog sie an sich heran und
küsste sie erneut. Seine Hand wanderte über ihre Hüften
unter ihr Jackett, erst über ihren Rücken, dann nach vorne.
Sie drückte sich von ihm weg.

„Hier im Flur? Du bist aber ungezogen", drehte sich um
und rannte Richtung Zimmer. Hanfri ihr hinterher. Sie
schloss die Zimmertür auf, während er ihr die Hand auf
den Po legte und sie ins Zimmer drückte. Sie warf ihr
Jackett weg, zog ihm seines aus und schleuderte es in die
Ecke. Er stand mit dem Rücken zum Bett, sie gab ihm
einen Schubs, warf ihn aufs Bett und drückte ihren rechten
Fuß in seinen Schritt.

„Zieh dich aus!" Etwas umständlich knöpfte er sein
Hemd auf und verhedderte sich. Unerotischer hätte er sich
seines Hemdes nicht entledigen können. Jule riss sich die
Bluse vom Leib und nun konnte er ihre wundervollen Run-
dungen sehen. Was für ein Busen! Sie drückte ihm ihren
Stöckelschuh in den Schritt.

„Die Hose auch! Kondome?"

„Da", stammelte er und zeigte auf sein Jackett in der Ecke. Sie drehte sich um und im Gehen wie von Geisterhand zog sie ihre High Heels und den Rock aus, griff in seine Innentaschen und nahm die Kondome heraus.

Sie legte sich auf ihn, rieb ihre Brust an ihm. Seine Boxershorts begann zu spannen.

„Room Service!" Es klopfte an der Tür.

„Der Wein", hauchte sie, „den brauchen wir gleich."

„Moment, bitte!", rief sie in Richtung Tür, verschwand kurz im Bad und streifte sich den Bademantel über, ging an die Tür und nahm den Wein entgegen.

„Nein, ich mach das schon", hörte Hanfri sie zum Room Service sagen. Sie stellte den Weinkühler auf den kleinen Tisch, drehte sich zu ihm um, öffnete den Bademantel.

„Wo waren wir stehen geblieben?" Sie nahm einen Eiswürfel und steckte ihn in seine Boxershorts. Er schrie auf, sie lachte. „Ausziehen hatte ich gesagt, du ungezogener Bursche."

Stunden später und völlig erschöpft tranken sie in großen Schlücken den Rest Wein. Jule warf einen Blick auf ihren Wecker, stand auf, griff nach dem Bademantel.

„Ich muss morgen früh raus, es war schön mit dir, aber ich schlafe lieber alleine."

„Was?" Sie warf ihm sein T-Shirt zu.

„Weißt du, wie spät es ist? Und wenn ich morgen ganz früh –" Weiter kam Hanfri nicht.

„Nein. Taxen stehen immer vor der Tür." Widerwillig und leicht taumelnd stand er auf, suchte sich seine Klamotten zusammen, die in jeder Ecke des Zimmers verteilt waren.

„Wann bist du mal wieder in Berlin?“, versuchte er das Gespräch aufrecht zu erhalten.

„Weiß noch nicht. Bald? Vielleicht?“

„Wollen wir unsere Nummern austau...“

„Nein.“, entgegnete sie. Er stopfte sich das Hemd in die Hose, ging auf sie zu, küsste sie und flüsterte ihr ins Ohr: „Danke, das war geil.“

„Ja“, hauchte sie zurück und biss ihm sanft ins Ohrläppchen.

Es war halb vier in der Nacht und die *Öffentlichen* hatten ihren Verkehr bereits eingestellt. Also schnappte sich Hanfri ein Taxi vor dem Hotel. In seinem Kopf entflammte das reinste Frageninferno: Sollte das also *FindHer* sein? Jule war der Hammer, ja, und es war der geilste Sex, den er seit langem gehabt hatte. Besser als mit Bianca. Aber er fühlte sich benutzt. Sie hätten ja auch noch ein wenig nebeneinander liegen können und vielleicht hätte er auch nach einer kleineren oder etwas längeren Verschnaufpause wieder gekonnt?

Zu Hause ging er schnurstracks an den Kühlschrank und griff sich ein Bier. Und zum ersten Mal, seitdem er sich von Jochen vorm Waldorf verabschiedet hatte, schaute er auf sein Handy. *FindHer. Glückwunsch! Du hast vier neue Matches. Schreib ihnen und finde heraus, was ihr gemeinsam habt.*

Geht das jetzt immer so weiter?, fragte sich Hanfri. Und dann waren da noch zehn Nachrichten von Jochen.

Wie lief es?

Hallo??? Jemand da?

Hast du sie rumbekommen?

Ich fordere einen Lagebericht!

Du hattest Sex!

Oder nicht?

War es so schlimm?

Ich erwarte eine Sexbericht!

Mach es nicht so spannend!

Ich gehe pennen, pööhhh....

Hanfri schmiss sich auf die Couch, trank einen großen Schluck Bier und seine Gedanken kreisten erneut um Juliane. Sie hatte ihn definitiv nur benutzt, um ihren Spaß zu haben. Und er hatte sich ja auch gerne benutzen lassen. Eigentlich müsste er glücklich und zufrieden sein. Welcher Mann träumt nicht von hemmungslosen und unverbindlichen Sex? Ein kurzer Blick auf die Uhr: 4.15 Uhr. Zeit fürs Bett. Sollte er Jochen noch was schreiben? Nö. Noch ein kurzer Blick auf *FindHer*? Nein, das hatte Zeit bis morgen.

Wecker sind unsympathische Zeitgenossen. Sie bimmeln einfach vor sich hin, ohne jegliche Rücksicht auf schlafende Menschen. Hanfri quälte sich aus dem Bett. Ihm tat alles weh. Muskelkater vom Sex, den hatte er auch schon lange nicht mehr. Scheinbar lief die Uhr heute morgen schneller als sonst. Ein Blick auf die Uhr bestätigte seine Theorie.

Er musste sich beeilen, um einigermaßen pünktlich bei der Arbeit zu sein. Er hetzte zur U-Bahnstation und drängelte sich in das völlig überfüllte Abteil. Da klingelte sein Handy. Jochen! Hanfri hasste es, in der Öffentlichkeit zu telefonieren, vor allem in der U-Bahn.

„Hey Jochen, dich wollte ich ja noch anrufen."

„Alter, wie lief es gestern? Berichte!"

„Geht gerade schlecht, bin in der U-Bahn", flüsterte er ins Handy.

„Hast du die Alte gestern klar gemacht?", ließ sein Freund nicht locker.

„Jochen, ich BIN in der U-BAHN!"

„Ja oder Nein?"

„Ja."

„Geil, Volltreffer, gleich beim ersten Date! Ich möchte sofort Details."

„Nein, Jochen, ich wiederhole, ich bin der U-Bahn. Und ich hasse es, in der U-Bahn zu telefonieren."

Die Bahn ruckelte etwas, eine ältere Dame neben Hanfri schubste ihn an, Hanfri hielt sich an einem Griff fest und sein Handy fiel ihm aus der Hand. Umständlich bückte er sich, um es aufzuheben und kam dabei versehentlich auf den Lautsprecherknopf. Laut dröhnte es aus der Hörmuschel heraus: „Sag, hast du der kleinen Drecksau ordentlich den Hintern versohlt?" Die anderen Fahrgäste drehten sich zu ihm um und schauten ihn fragend, vorwurfsvoll und teilweise entsetzt, ja geradezu angewidert an. Hanfri versank im Boden. Hastig drückte er Jochen weg. Ein Glück, der nächste Halt.

„Entschuldigung, ich muss hier raus", drängelte er sich an den anderen vorbei und war erleichtert, als er auf dem Bahnsteig stand. Lieber fünf Minuten auf die nächste U-Bahn warten, als sich weiter den fragenden Blicken auszusetzen. Da klingelte sein Handy. Wieder Jochen.

„Seit wann drückt man gute Freunde einfach weg?"

„Jochen, hör mir mal zu, ich war gerade in der U-Bahn, mein Handy fiel mir runter, ich kam auf den Lautsprecherknopf und ALLE, ich wiederhole ALLE Fahrgäste haben mitbekommen, wie du mich gefragt hast, ob ich ihr den Hintern versohlt habe."

„Geil", kommentierte Jochen. „Jetzt wissen die, was du für ein Hengst bist. Darauf kannst du stolz sein."

„Ich bin auf gar nichts stolz, ich wurde letze Nacht ausgenutzt und war nur ihr Sexspielzeug."

„Wie war der Sex?"

„Ja, war schon geil."

„Alter Kumpel, du kannst dich glücklich schätzen. Und das bei dem ersten *FindHer*-Date. Großartig, das müssen wir heute Abend feiern. 19.00 Uhr?"

„Nein, Jochen, ich kann nicht jeden Abend ausgehen und was trinken. Das kostet auch immer Geld."

„Ach komm, ich bezahle. 19 Uhr bei unserem Asiaten."

„Meinetwegen. Meine U-Bahn fährt ein, wir reden später." Manchmal nervte Jochens ständige Euphorie. Dann und wann fand er sie ja auch ganz ansteckend. Jochen hatte diese unglaubliche Leichtigkeit, mit der er durchs Leben spazierte. Hatte er einfach nur alles richtig gemacht oder schlichtweg nur Glück? Sie sprachen kaum über die Arbeit, noch weniger über Jochens. Er war Investmentbanker, machte auch manchmal was mit Immobilien, redete hin und wieder von Beraterverträgen und ließ so manches Mal durchblicken, dass er wohl auch ganz gut geerbt hatte. So richtig stieg man da aber bei Jochen nicht durch. Aber das war Hanfri auch nicht so wichtig, denn Jochen war schon immer ein feiner Kerl und vor allen Dingen ein sauguter Kumpel gewesen.

Auf den letzten Metern zur BVG erinnerte sich Hanfri an unzählige Momente mit Jochen, als sie noch gemeinsam zur Schule gingen. Jochen war schon immer laut gewesen. Aber eines hatte Hanfri seinem besten Freund nie vergessen: Als Bianca ihn verließ, rief er in aller Verzweiflung Jochen an. Und keine halbe Stunde später stand er vor seiner Tür, hatte sich auf der Arbeit krank gemeldet oder freigenommen... wie auch immer. Zumindest stand er da und zog für die kommende Woche bei ihm ein.

„Freunde lassen sich in solchen Momenten nicht im Stich." Und so nahm Hanfri den ungefragten Gast nur zu gerne bei sich auf.

Hastig stürmte Hanfri zu seinen Kollegen ins Büro und raunzte „Servus zusammen."

„Morgen", brummte Bernd zurück.

Andreas schaute ihn an: „Boah, siehst du durchgevögelt aus!"

„Was?" Hanfri schaute seine Kollegen erschrocken an.

„Durchgevögelt, was kann man daran denn nicht verstehen? DURCHGEVÖGGGELT!"

„Wie kommst du denn darauf?"

„Na ja, ganz einfach: Augenringe und das Hemd ist total verkehrt zugeknöpft. Hättest du gestern gesoffen, hättest du dir dafür heute morgen Zeit genommen, damit dir bloß niemand ansiehst, dass du gestern versackt bist."

„So ein Quatsch", wiegelte Hanfri ab. Obwohl Andreas ja nicht ganz Unrecht hatte.

„Hanfri, du stehst gerade, geh doch mal bitte 'nen Kaffee für uns holen.", mischte sich Bernd ein.

„Okay, Kaffe ist eine gute Idee. Schwarz und ohne Zucker?"

„Weißte doch." Hanfri begab sich Richtung Kaffeeküche. Auf dem Weg dorthin ließ er die letzte Nacht noch einmal Revue passieren. Es kam ihm alles noch so irreal vor. Aber hey, er hatte endlich mal wieder Sex - und was für einen!

„Hanfri! Schau, wo du lang gehst!"
Laura stand direkt vor ihm und wenn sie nichts gesagt hätte, wäre er abermals in sie reingerannt.

„Entschuldige...Guten Morgen", stammelte er.

„Du siehst müde aus. Lange Nacht gestern? Montags läuft doch gar kein Tatort?"

„Warum sagt mir das heute eigentlich jeder?"

„Augenringe...und dein....Na ja, und der Hort der Ruhe..."

„Was für 'nen Ort?"

„Deine Belüftungsanlage!"

„Was? Ich verstehe nur Bahnhof!"

„Your fly is open." Hanfri schaute sie ratlos an.

„Verdammt, dein Hosenstall, dein Reißverschluss ist offen, wie läufst du denn rum!" *Oh nein.* Erschrocken schaute er an seiner Hose herunter und ja, Laura hatte Recht. Wie peinlich. Verlegen und mit hochrotem Kopf zog er ihn zu.

„Ups, danke", und ging weiter.

„Bis später, Hanfri", rief sie ihm hinterher. Er hob nur dankend und winkend die Hand, seine Zieldestination hieß Kaffeeküche. Und einen Kaffee hatte er jetzt echt dringend nötig. Der restliche Arbeitstag ging glücklicherweise schnell vorüber.

„Unser Asiate". Damit meinte Jochen eines der unzähligen asiatischen Restaurants auf der Kantstraße. Auf dem Weg dorthin dachte Hanfri darüber nach, was er denn nun Jochen erzählen sollte. Von der letzten Nacht berichten, ja, das war klar. Da kam er nicht drum herum. Aber was sollte nun aus *FindHer* werden? Sein Handy hatte schon wieder zwei neue Matches angezeigt. Er hatte sie sich nicht angeschaut. Sollten alle Dates nun wie das Gestrige enden? War das *FindHer*? War das die neue Art des Datings? Einfach nur Sex? Unglaublich, wie diese App schon jetzt sein Denken bestimmte.

Jochen wartete an der Restaurantbar auf ihn, legte seine Hände auf Hanfris Schultern, schüttelte ihn kräftig durch und begrüßte ihn lautstark: „Kumpel, du bist eine Maschine! Sag, wie war sie? War sie hungrig? Rasiert? Ich möchte jedes Detail wissen."

„Jochen, wir sind hier nicht alleine."

„Stimmt, nehmen wir uns einen Tisch in der Ecke", schlug er vor und peilte einen Tisch bisschen weiter hinten an. „Also, nun raus mit der Sprache."

„Ja, sie war hungrig und es war geil." Hanfri konnte ein Lächeln nicht unterdrücken. Jochen hob seine Hand zu einem High Five.

„Hanfri, willkommen zurück. Wie geht es jetzt weiter?"

„Weiter?"

„Na klar, muss es weitergehen... hast du noch mehr Matches?"

„Ja schon", er zog sein Handy raus, „aber ich habe sie mir noch ni..." Weiter kam er nicht. Jochen riss ihm sein Handy aus der Hand.

„Na, das ist doch wunderbar, lass mal sehen. Wow, *Fehlpressung*, Scheißnickname, aber steiles Gerät. Der schreibe ich jetzt."

„Nee, Jochen, lass mal." Seine Einsprüche blieben unerhört und Jochen fummelte wie ein Verrückter an seinem Handy herum.

„Fahr ruhig fort, was ging da gestern ab? Ich bin wie eine Frau: Multitasking." Pflichtbewusst erzählte Hanfri seinem Freund nun alle Details vom vorherigen Abend.

„Weißt du, Jochen, irgendwie fühle ich mich benutzt."

„Hör auf. Du hattest jetzt endlich mal wieder Sex, guten und unverbindlichen dazu. Das ist doch ganz wunderbar! Und das auch noch bei deinem ersten Date. Weißt du eigentlich, wie *mein* erstes *FindHer*-Date ablief? Es war die Hölle, Na ja, vielleicht nicht ganz so schlimm, aber alles andere als erfolgreich. Bei unserem Treffen hatte ich sie erst gar nicht erkannt und ich wäre auch glatt an ihr vorbeigelaufen, hätte sie mich nicht angesprochen. Die ganzen Selfies auf ihrem Profil mussten mindestens fünf Jahre alt gewesen sein, jedenfalls hatte sie seitdem ordentlich zugelegt, wenn du weißt, was ich meine. Ich hatte echt Probleme, mich da aus der Affäre zu ziehen. Aber habe ich mich davon abschrecken lassen? Nein. Und auch du solltest jetzt fleißig weiter daten."

„Jochen, ich habe da echt so meine Zweifel. Ich glaube, ich bin dazu bestimmt, jemanden auf dem klassischen Weg kennenzulernen."

„Mal ehrlich, Hanfri, wann hast du die letzte Frau so ganz frei von dir aus angesprochen?"

„Na ja, das ist schon ein wenig länger her. Ich denke auch mehr generell, dass der klassische Weg eher mein Ding ist."

Jochen beugte sich zu Hanfri vor: „Hanfri, ich bin dein Freund, richtig?" Hanfri nickte. „Und deswegen liegt mir dein Wohl und Glück am Herzen. Und das meine ich so ernst, dass ich dich hin und wieder auch mal zu deinem Glück zwingen muss. Und das heißt gerade *FindHer*."

„Du lässt nicht locker, oder?"

„Wir machen einen Deal. Nennen wir es den Dutzend-Dating-Deal, okay?"

„Was?"

„Du bleibst bei *FindHer*, ich helfe dir dabei. Und du triffst dich mit 12 Frauen. Danach kannst du entscheiden, ob du dort weiter bleibst oder nicht. Einverstanden?"

„Nie im Leben. Ich melde mich da wieder ab." Jochens Gesicht wurde ernst: „Hans-Friedrich, erinnerst du dich noch an unseren Trip nach Amsterdam? Das ist zwar schon einige Jahre her, aber die Bilder habe ich immer noch. Die würden sich super auf deiner Facebook-Pinnwand machen, eventuell auch auf der Twitterseite von der BVG."

„Nein, das würdest du nicht tun."

„Doch."

Eisige Stille zwischen den beiden.

„12 Dates."

Verdammt, Jochen hatte ihn in der Hand. Bei aller Freundschaft, aber manchmal war sein Freund ein riesiges Arschloch.

Der Amsterdam-Trip lag mindestens 12 Jahre zurück, sie waren Anfang 20 und er war noch nicht mit Bianca zusammen. Sie zogen durch das Amsterdamer Nachtleben und es war schon fast morgens, als sie in einem ziemlich skurrilen Club landeten.

Leicht alkoholisiert kam er mit einer Frau ins Gespräch. Ihre etwas sonore und rauchige Stimme hatte ihn überhaupt nicht irritiert, ganz im Gegenteil, er fand sie sogar sexy. Sie hatte sowas anrüchiges und versautes. Vielleicht lag es aber auch daran, dass er einfach nicht seinen Blick von ihren Brüsten lassen konnte. Die stellte sie gekonnt zur Schau und definitiv hatte da ein Chirurg nachgeholfen. Sie kamen sich näher, fingen wild an zu knutschen und dann nahm sie seine Hand und führte sie in „ihren" Schritt. Hanfri war geschockt, denn da unten fühlte sie sich gar nicht mehr so weiblich an.

Ganz im Gegenteil! Und ehe er sich versah, öffnete sie ihre Hose und befahl seiner Hand ihren monströsen Schwanz anzufassen. Genau in dem Moment drückte Jochen, der das ganze Geschehen mit viel Amüsement beobachtet hatte, auf den Auslöser seiner kleinen Kamera. Vom Blitzlicht geblendet und von dem Genital in seiner Hand erschrocken, riss Hanfri sich von der Transe los, stolperte zu Jochen und versuchte, ihm die Kamera zu entreißen. Vergeblich. Später gab er ihm das Versprechen, die Fotos zu löschen. Scheinbar hatte er das wohl nicht gemacht.

Nun saß Hanfri in der Klemme. Einzige Möglichkeit, die ihm nun blieb, war der Versuch, die Anzahl der Dates herunterzuhandeln.

„12 Dates? 6 wären schon zu viel", startete Hanfri die Datingverhandlung.

„Ach, rede doch kein dummes Zeug. 6 reichen nie im Leben aus. 12 sind schon hart an der Grenze. Keine Diskussion."

„Komm, Jochen, das kannst du nicht von mir verlangen. Eines hatte ich ja schon und wenn wir uns bei sechs treffen, sind es ja zusammen 7." Doch Jochen ließ nicht locker und beharrte auf einem Dutzend Dates. „Treffen wir uns in der Mitte und einigen uns auf neun Dates."

„12."

„10."

„12."

„11 und wir rechnen das gestrige Date mit."

„Einverstanden", willigte Jochen ein.

„Und danach ist Schluss mit dem ganzen Unsinn!"

„Das werden wir dann ja sehen. Und jetzt gibst du mir bitte deinen Zugang zu Facebook, damit ich mich als Du auf meinem Handy bei *FindHer* anmelden kann."

Jochen notierte sich alles, gab ihm sein Handy zurück und grinste: „So, und nun beeil dich, iss schnell auf, denn in einer halben Stunde hast du das nächste Date. Die *Zauberfee* wartet am Savignyplatz auf dich. Lies dir auf dem Weg sicherheitshalber noch den Chatverlauf durch und schau dir ihr Profil an."

Auf dem Weg zum Savignyplatz befolgte Hanfri Jochens Rat und studierte als erstes alle Profilinformationen. Zauberfee123 hieß im wirklichen Leben Silvia, wohnte in Wedding, arbeitete irgendwie im sozialen Bereich und war wohl auch schon länger Single. Sie hatte dunkelblonde Haare, schulterlang, und trug eine dieser viel zu großen Nerdbrillen. Doch ihr Profilspruch sprach ihn schon ein wenig an: *unternehmungslustig, mag Tatort, Jazz und manchmal Soul.* Klingt ja nicht so schlecht, dachte er. Tatort guckte er fast immer und die Musikrichtung passte auch. Als Treffpunkt hatte Jochen das alte Stromhäuschen am Savignyplatz ausgemacht. Und da stand sie schon. Er musterte sie von oben bis unten. Sie sah genauso aus wie auf ihren Bildern: schlank, aber mit ein paar Rundungen. Schätzungsweise 1,65m/1,70m groß.

„Silvia?", begrüßte er sie zaghaft.

„Hanfri?"

„Ja, freut mich, dich zu treffen." Sie gaben sich links und rechts ein kleines Küsschen.

„Silvia, worauf hast du Lust? Wo gehen wir hin?"

„Ich dachte, du sagst mir das?", entgegnete sie etwas stimmungslos. Okay, Hanfri musste die Initiative übernehmen. Auf dem Weg hatte er sich nur mit Silvias Profil beschäftigt, aber nicht eine Sekunde darüber nachgedacht, wo sie jetzt hingehen könnten. Er versuchte, schnell zu denken. Was gab es hier in der Nähe? Das Schwarze Café. Ein paar mehr oder weniger gute Kiezkneipen. Eine etwas ungemütliche stylische Hipster-Bar. Einige mittelmäßige Italiener, doch auf Essen hatte er jetzt auch keine richtige Lust. Er könnte höchstens eine Kleinigkeit essen. Tapas, die Lösung. Ein paar Meter weiter war eine Tapasbar, keine gute, aber immerhin.

„Also die Straße runter finden wir ein paar Asiaten, in die andere Richtung ist das Schwarze Café und geradeaus sind noch ein paar urige Berliner Kneipen, außerdem eine echt anständige Tapas-Bar. Lass uns mal dahin gehen, die Tapas dort sind gut und es sind nur zwei Minuten zu Fuß." In Wirklichkeit waren die Tapas lediglich mittelmäßig, das Bier zu warm, die Cocktails sollte man besser verschweigen, ebenso wie die Weinauswahl. Aber das musste er ja jetzt nicht zur Diskussion stellen.

„Okay", erwiderte sie kurz.

„Und hattest du einen guten Start in die Woche?", versuchte Hanfri die etwas holprige Unterhaltung in Gang zu bringen.

„Ja, ging so. Normal halt, ohne große Besonderheiten." Sie erreichten die Bar, suchten sich einen Platz und Hanfri schlug vor, sich eine kleine Tapasauswahl zu teilen.

„Ja, können wir machen." Begeisterung klingt anders.

„Übrigens, direkt um die Ecke ist ein cooler Jazzclub", versuchte er, das Thema zu wechseln. Mit Erfolg.

Sie lächelte. „Ja, das A-Trane. Da finden immer gute Konzerte statt und es haben schon die ganz Großen dort gespielt: Wynton Marsalis, Herbie Hancock oder Till Brönner."

„Wow, die kennst du alle?", staunte Hanfri.

„Ja klar, ich mag Jazz."

„Hast du noch andere Lieblingsclubs in Berlin? Ich wohne ja noch nicht so lange hier, von daher war ich noch nicht in vielen." Sie zählte ihm unzählige Clubs auf und allmählich nahm ihr Gespräch Fahrt auf. Sie unterhielten sich über Musik, Museen und Theater. Silvia wurde Hanfri immer sympathischer und er fragte sich insgeheim, warum sie sich eigentlich bei *FindHer* angemeldet hatte. Wurde sie ebenfalls von einer Freundin genötigt? Aus Langeweile? Ist sie gar auf einen One-Night-Stand aus? Oder sucht sie etwas Festes? Oder nur einfach Unterhaltung? Und warum eigentlich *Zauberfee123*? Was sollte dieser seltsame Profilname? Er versuchte die Antworten in ihrem Gesicht zu lesen, aber es gelang ihm nicht. Er hätte sie gerne gefragt, aber jedes Mal ging ihr Gespräch in eine andere interessante Richtung. Die Zeit verging plötzlich wie im Flug und Hanfri war ganz zufrieden mit seinem zweiten Date. Zu seinem Erstaunen stellte er fest, dass sie nun fast die letzten Gäste waren.

„Du, ich glaube, wir müssen hier bald gehen..." Sie verlangten nach der Rechnung und Hanfri half Silvia in ihre leichte Sommerjacke. Sie verließen die Bar. Auf dem Weg zur S-Bahnstation dachte Hanfri darüber nach, wie dieses Date enden könnte. Sollte er versuchen sie zu küssen? Vielleicht nicht, sie hatten ja nicht einmal Händchen gehalten. Aber auf der anderen Seite musste das ja auch nichts bedeuten.

„Es war wirklich ein schöner entspannter Abend und ich würde mich freuen, wenn wir uns wieder treffen. Vielleicht mal in einer Jazzbar oder so. Meinst du, du gibst an deinem ersten Date deine Telefonnummer heraus?“, hakte Hanfri nach.

Silvia lächelte ihn an.

„Ja, warum eigentlich nicht…“ Sie tippte ihre Nummer in sein Handy, das er ihr gereicht hatte. Es folgte eine kurze Umarmung und dann ging jeder seinen Weg. Es war noch warm und so entschied Hanfri sich die Viertelstunde nach Hause zu Fuß zu laufen. So konnte er die letzten Tage noch einmal Revue passieren lassen. Das Date mit Jule erschien ihm immer noch unwirklich, sodass das heutige mit Silvia hingegen schon fast zu normal wirkte. Es müssen ja nicht alle Frauen bei *FindHer* so drauf sein wie Jule. Vielleicht sollte er seine Skepsis gegenüber *FindHer* ablegen und der ganzen Aktion zumindest eine kleine Chance geben. Vielleicht hatte Jochen doch Recht.

Kurz nach dem Aufstehen erkundigte sich Jochen per SMS, wie das gestrige Date gelaufen sei. Hanfri kochte sich einen Kaffe und rief ihn an.

„Hanfri, erzähl, wie lief dein Date mit der Zauberfee?"

„Wir waren in der Tapasbar und haben uns supergut unterhalten. Silvia ist echt sympathisch und wir mögen beide die gleiche Musik und haben auch sonst viele Gemeinsamkeiten. Das war echt ein sehr nettes Date."

„Hast du ihre Nummer?"

„Ja."

„Okay, hast du ihr schon geschrieben?"

„Nein, wollte ich nach unserem Telefonat tun."

„Lass das, Hanfri, warte noch mit dem Schreiben. Damit machst du dich interessanter."

„Meinst du nicht, ich sollte ihr eine kleine Nachricht..."

„Nein", unterbrach ihn Jochen. „Du kennst doch den Spruch: Willst du etwas gelten, mache dich selten. Ich sage dir wann, und vor allen Dingen, *was* du ihr schreibst, verstanden?" Missmutig willigte Hanfri ein.

„Hör zu", fuhr sein Freund fort, „vorerst übernehme ich noch die Kommunikationen mit deinen Matches und sorge dafür, dass du noch ein paar Verabredungen bekommst. Und du liest alles schön mit, okay? Zwischendurch tauschen wir uns noch kurz übers Handy aus, in Ordnung?"

„Scheinbar habe ich keine andere Alternative", stöhnte Hanfri.

„Komm schon. Vertrau mir doch mal."

„Du, ich muss mich jetzt auf den Weg zur Arbeit machen, lass uns später funken."

„Jaja, machen wir. Aber ganz kurz, hast du heute Abend schon was vor?"

„Ja, es ist Mittwoch, da gehe ich zu meinem Schachclub."

„Darüber reden wir später."

Der Vormittag bei der BVG war recht langweilig, wie immer eigentlich. Andreas, Bernd und Hanfri arbeiteten schweigend nebeneinander und beantworteten sämtliche Beschwerdemails. Kurz vor der Mittagspause brach Andreas das Schweigen und fragte in die Runde: „Sagt mal, Jungs, habt ihr schon mal eine dieser Dating-Apps ausprobiert?" Hanfri schrak auf und saß kerzengerade auf seinem Stuhl, sein Puls stieg an. Ihm war diese ganze Anmeldung ja immer noch unangenehm. Etwas, was man lieber verschwieg, als damit hausieren zu gehen. Sollte er was sagen? Sich outen? Oder das Ganze schlecht machen? Bernd kam ihm zuvor :„Ne, da halte ich nichts von und außerdem bin ich für so einen Kram zu alt. Wenn ich die Richtige treffen soll, läuft sie mir schon über den Weg."

„Und du, Hanfri?"

„Ich?", begann er unsicher, „ne, damit habe ich nichts am Hut."

„Also, ich muss euch was erzählen...", fuhr Andreas fort.

„Guten Morgen, meine Herren, ich benötige jetzt mal kurz Ihre Aufmerksamkeit." Direktor Neumeyer hatte das

Büro betreten und unterbrach ihre Unterhaltung. Hanfri atmete erleichtert auf. Peter Neumeyer war seit einigen Monaten Direktor bei der BVG und hatte sich auf die Fahne geschrieben, frischen Wind in das Unternehmen zu bringen. Einige Kollegen hatten ihm den Spitznamen „Der schwarze Peter" gegeben. Neumeyer trug immer einen schwarzen Anzug und je nach Wetterlage entweder einen schwarzen Rollkragenpullover oder ein schwarzes T-Shirt.

„Ich habe eine Anweisung von ganz oben bekommen. Die haben auch eine neue Werbekampagne für die BVG entwerfen lassen. Diesbezüglich gibt es am kommenden Freitag eine Präsentation für alle Mitarbeiter. Ich wünsche mir von Ihnen, dass Sie sich vorbereiten und mit neuen Ideen in das Meeting gehen. Repräsentieren Sie ihre Abteilung und zeigen Sie, dass Sie Ihren Job lieben. Natürlich können Sie mich in dieser Angelegenheit jederzeit ansprechen, sodass wir bestens vorbereitet in das Meeting gehen. Ich zähle auf Sie. Und jetzt weitermachen. Ach ja, bitte antworten Sie umgehend der älteren Dame, dieser Frau Weber. Sie hatte sich ja wiederholt wegen der Sauberkeit in unseren Zügen beschwert. Schreiben Sie ihr was Nettes und schenken Sie ihr eine Monatskarte. Es erscheint mir so, als hätte die gute Dame sonst wenig Erfreuliches in ihrem Leben. Andreas, übernehmen Sie das bitte?"

„Ja, gerne", erwiderte Andreas und machte sich gleich an die Beantwortung der E-mail.

Bernd stöhnte entnervt auf: „Was sollen wir uns denn da jetzt nur ausdenken? Wir sind halt ein öffentlicher Verein und nur die städtische Reinigung bekommt mehr Beschwerden als wir. Mann, was die immer von uns verlangen." Andreas war in seine Email an Frau Weber vertieft, antwortete nicht, und Hanfri nuschelte nur ein unverständliches „Uns wird schon was einfallen" in sich hinein.

Eine halbe Stunde später gingen sie zu dritt in die Kantine zum Mittagessen.

„Darf ich mich zu euch gesellen?" Laura stand mit ihrem Tablett in den Händen vor ihrem Tisch. „Meine Kollegen hängen alle noch brav vor ihren Rechnern."

„Na klar, setz dich bitte zu uns", reagierte Andreas.

„Hat euch der schwarze Peter heute auch unter die Kandare genommen? Neue Ideen, Abteilung repräsentieren, zeigen, dass wir unseren Job lieben, blablabla? Gott, ich könnte kotzen, als hätten wir nicht schon genug zu tun... Den ganzen Tag bügeln wir alles glatt, was die in der Operativen verzapfen."

„Hör mir auf, Andreas, ich könnte einen Roman über die ganzen Beschwerden schreiben mit denen ich mich jeden Tag rumschlagen muss", stimmte Laura ihm zu.

Laura war als Teamleiterin für die Betreuung der Facebookseite und des Twitteraccounts verantwortlich. In den beiden Netzwerken gab es natürlich jede Menge Beschwerden, sodass man Lauras Team eigentlich nicht um ihren Job beneiden wollte. Aber bei Facebook und Twitter konnte so manche Beschwerde wenigstens mit Humor behandelt werden. Und davon hatte Laura jede Menge. Sie war unglaublich schlagfertig, mit derben Witz und dazu auch noch ausgebildete Werbetexterin. Selten war sie um eine Antwort verlegen. Ein Student monierte sich zum Beispiel einmal über die ständigen Verspätungen der BVG und postete: "...dass die BVG eine an der Uni anerkannte Entschuldigung fürs Zu-Spät-Kommen" sei. Und zwar mittags um zwölf. Daraufhin kommentierte Laura zurück: "... dass Uni bei der BVG eine anerkannte Entschuldigung sei, sich noch mittags einen Guten Morgen zu wünschen." Vor zwei Jahren rauchte Udo Lindenberg während eines Interviews in der U2 nach Pankow genüsslich eine Zigarre. Damals kommentierte jemand: „Aha, das Rauchverbot in Bahnhöfen und Zügen ist also wieder aufgehoben?"

„Na klar", schrieb Laura zurück „wenn du es schaffst, dass nur für dich ein Sonderzug nach Pankow fährt, dann darfst du sogar mit deinem Fahrrad in den ersten Wagen."

Laura erzählte gerade von dem jüngsten Posting auf Facebook und Hanfri hörte aufmerksam zu. So aufmerksam, dass er gar nicht mitbekam, wie sein Handy, das auf dem Tisch lag, piepte, aufblinkte und eine neue Nachricht von *FindHer* anzeigte. Andreas Blick fiel auf Hanfris Handy und er sah die Mitteilung auf dem Display.

„Hanfri, ich habe es gewusst, du also auch!", prustete er lauthals los. Hanfri erschrak. Andreas schaute demonstrativ auf Hanfris Handy. Verlegen drehte Hanfri es schnell um und schaute in die Runde. Andreas lachte, Bernd war mit seinem Essen beschäftigt - und Laura? Laura schaute die beiden neugierig mit ihren großen, braunen Augen an und fragte: „Was *Du auch*, Hanfri?" Hanfri trat Andreas unter dem Tisch gegen sein Schienbein, damit er bloß nichts von *FindHer* verriet und den Mund hielt.

„Also, Laura", holte Andreas schon aus. Auf Hanfris Stirn bildete sich Angstschweiß. Hanfri rechnete mit dem

Schlimmsten und trat Andreas nun kräftig auf den Fuß. „Also Laura", begann der noch einmal von vorne, „das ist ein kleines Männergeheimnis zwischen Hanfri und mir." Hanfri atmete erleichtert aus.

„Achso, na dann", erwiderte Laura etwas enttäuscht. Dann schaute sie auf ihren leeren Teller: „Also, ich hole mir noch eine Portion. Ich liebe baked beans!" Sie stand auf und ging zur Essenausgabe. Hanfri schaute Andreas an: „Danke." Andreas nickte und zwinkerte ihm zu. Laura kam zurück und beäugte genüsslich ihren Teller: „Baked beans esst ihr in Deutschland einfach viel zu selten. Ich könnte die immer essen, zum Frühstück, mittags und vor dem Schlafengehen."

„Jungs, unsere Pause ist auch vorbei. Zurück an unsere Rechner.", meinte Bernd und blickte auf. Er hatte von der ganzen Unterhaltung nichts mitbekommen.

Auf dem Weg zurück ins Büro, legte Andreas seinen Arm auf Hanfris Schulter: „Alter, das hätte ich ja nicht von dir gedacht. Bist so ein richtiger Aufreißer, was? Lass uns doch mal darüber austauschen."

„Es ist nicht das, wonach es ausschaut, Andreas. Das Ganze ist viel komplexer...", versuchte sich Hanfri rauszureden.

„Ach was, so nennt man das also heutzutage? *Komplex*?"

Zurück im Büro stürzten sie sich widerwillig auf die Beschwerdeemails. Hanfri war heilfroh, dass die Zeit in Windeseile verging und Andreas ihn nicht weiter auf *FindHer* angesprochen hatte. Kurz vor Feierabend warf Hanfri einen

Blick auf sein Mobiltelefon. Jochen hatte versucht ihn anzurufen und ihm eine SMS geschickt. *Heute Abend hast du
ein Date und für morgen habe ich dir sogar zwei klar gemacht!*

Großstadtperle83. Ihr Profiltext ließ bei Hanfri ein paar Zweifel aufkommen: „*Ich habe viele Gesichter, aber wenn ich liebe, dann habe ich nur ein einziges: Mein Herz, das zu allem bereit ist!*" War sie nun eine hoffnungslose Romantikerin oder klang da ein Hauch von Verzweiflung mit?

Großstadtperle83 hieß mit richtigem Namen Simone und arbeitete bei der Flüchtlingshilfe. Sie hatten sich in einem Café nahe des Potsdamer Platzes verabredet. Sie war pünktlich, hatte bräunlich rote Haare, ein paar Sommersprossen im Gesicht. Sie war nicht gerade schlank, aber auch nicht fett. Gesunde Rundungen. Scheinbar war sie mehr der „Ich-stehe-auf-die-natürliche-Schönheit"-Typ, nur ein leichter Strich mit dem Kajalstift, kein Lippenstift, und die Augenbrauen waren nur ganz dezent gezupft. Sie saßen sich schweigend gegenüber.

„Und Simone, was magst du gerne trinken? Kaffee?"

„Nee, gerne einen Kräutertee mit Honig." Erneutes Schweigen.

„In welchem Kiez wohnst du?"

„Lichterfelde."

„Und, wie wohnt es sich da?"

„Ganz gut." So richtig gesprächig schien sie nicht zu sein, dafür ziemlich nervös. Sie rutschte ständig hin und her, fummelte mit ihren Händen herum. Die Kellnerin servierte die Getränke und Simone fing an, gedankenverloren den Honig in ihrem Kräutertee aufzulösen. Sie schaute ins

Glas. Hanfri wurde ein wenig unsicher, wie er das Gespräch am besten in Gang bringen könnte.

Da hob sie ihren Kopf, schaute ihn mit glasig tränenden Augen an und schniefte: „Ich kann das nicht, nein, das hier ist nichts für mich!", stand auf und ging. Hanfri blieb mit offenem Mund sitzen und schaute ihr sprachlos hinterher. Was hatte das jetzt zu bedeuten? Sie war eh nicht so ganz mein Typ gewesen, redete er sich in Gedanken ein und bat die Kellnerin um die Rechnung. Fragend schaute diese ihn an und zog ein Gesicht, als hätte Hanfri gerade mit seiner Freundin Schluss gemacht.
In der S-Bahn studierte Hanfri die Profile der anderen beiden Dates. So schnell kam er ja aus dieser Dating-Erpressung von Jochen nicht raus.

Annabel nannte sich bei *FindHer Pusteblume*, sie war 35, hatte brünettes Haar, braune Augen und einen gesunden kleinen Mix aus Urlaubs- und Partybildern auf ihrem Profil. Ansonsten verriet sie recht wenig von sich. Auch im Chat gab sie kaum etwas von sich preis. Außer ein paar freizügigen Andeutungen, zum Beispiel, dass sie *Lust auf was Neues* hätte. Sie hatten sich nachmittags in einer kleinen Eisdiele am Nollendorfplatz verabredet. Hanfri staunte nicht schlecht, als er zehn Minuten früher ankam und Annabel schon dort war. Sie erkannte ihn sofort, stand auf und winkte ihm zu. Eine kleine Umarmung und ein Küsschen auf die Wange.

„Hanfri, schön dich kennen zu lernen. Wie geht es dir?", begrüßte sie ihn herzlich.

„Danke, gut soweit. Ich habe Lust auf Eis."

„Diese Lust kenne ich", antwortete sie keck. Annabel war um Smalltalk nicht verlegen und legte sofort los.

„Welche Eissorten magst du denn so? Cappuccino oder Espresso? Magst du diesen Teil von Schöneberg? Man nennt ihn ja auch den rosaroten Kiez. Aber mich stört das nicht, ich habe ja nichts gegen Schwule, ganz im Gegenteil. Und du?"

„Also", begann Hanfri ihr Fragebombardement zu beantworten, „ich nehme einen Erdbeerbecher, trinke einfach nur einen schwarzen Kaffee und ich muss gestehen, ich kenne hier lediglich den Wochenmarkt auf dem Winterfeldplatz."

„Und Schwule?“

„Was?“

„Schwule? Hast du etwas gegen Homosexuelle?“

„Nein. Wie kommst du darauf?“

„Ihre Bestellung, bitte!“

Der italienisch ausschauende Kellner stand an ihrem Tisch und schaute fragend und fordernd.

„Ich nehme eine Bananensplit und einen Cappuccino. Und der hübsche Mann“, sie zwinkerte ihm mit einem Auge schelmisch zu, „der nimmt einen Erdbeerbecher und eine Tasse Kaffee.“

„Draußen gibt’s nur Kännchen“, erwiderte der Kellner stumpf. Scheinbar hatte er sich in Sachen Berliner Freundlichkeit schon gut eingelebt.

„Ach, Hanfri schafft auch ein Kännchen.“ Erneutes Augenzwinkern. „Wo waren wir stehen geblieben?“, fuhr sie ohne Pause fort. „Schwule, richtig?“

„Ähm ja, aber warum interessiert dich das eigentlich so brennend?“

„Beantworte meine Frage“, antwortete sie forsch.

„Ich habe nichts gegen Schwule, aber ich bin es nicht. Sonst würde ich jetzt nicht mit dir hier sitzen, oder? Dann hätte ich mich bei *Grinder* und nicht bei *FindHer* angemeldet.“

„Verstehe. Aber, hast du es denn schon einmal ausprobiert?“

„Was ausprobiert?“

„Na, Sex mit Männern?“

„Nein, Gott bewahre.“

„Lass Gott aus dem Spiel, der hat damit nichts zu tun. Warum hast du es denn nicht ausprobiert?“

„Weil ich, verdammt noch mal, nicht auf Schwänze, sondern auf Titten stehe!“, erwiderte er energisch.

„Wer bekommt das Bananensplit? Cappuccino?“, fragte der Kellner schroff.

„Ich!“, juchzte Annabel. Hanfri lief rot an. Hatte der Kellner ihr Gespräch gar mitbekommen? Oh Gott, war ihm das unangenehm. Vorsichtig schaute Hanfri zu dem Kellner hoch und konnte an seinem Gesichtsausdruck erkennen, dass er ihre Unterhaltung gehört hatte. Dieser leicht verachtende Blick verriet alles: Der Kellner war schwul. Er knallte ihm seinen Eisbecher und das Kännchen Kaffe vor die Nase.

„Einschenken schaffen Sie ja selber, Sie als Hete. Pöööh, wir leben doch nicht mehr in den Achtzigern!“ Der Kellner warf seinen Kopf in den Nacken und stolzierte zum nächsten Tisch.

„Also, zurück zu unserem Thema“, griff Annabel die Unterhaltung wieder auf. „Du magst also keine Schwänze. Du hast doch selber einen. Wie kommt es, dass du keine anderen magst?“ Sie nahm ihre Gabel in die Hand, stieß sie in die Banane, führte sie sich zum Mund und leckte genüsslich mit ihrer Zunge die Schokolade ab.

„Ich nehme ja auch Schwänze in den Mund, auch wenn ich selber keinen haben. Und ich kann dir gar nicht beschreiben, was für ein geiles Gefühl das ist, wenn er dann in meinem Mund pulsiert. Das solltest du schon mal ausprobieren.“ Hanfri konnte seine Verwirrung nicht ver heimlichen und schaute sie fragend an. Was führte sie im Schilde?

„Also, ich weiß nicht...", stotterte er und versuchte aus dieser Sackgasse herauszukommen. „Wie gesagt, ich stehe mehr auf Frauen. Und eigentlich bin ich hier, um eine Frau wie dich näher kennenzulernen. Das ist doch die Idee von *FindHer*, oder etwa nicht?"

„Na ja, *FindHer* setzt uns doch keine Grenzen, oder meinst du doch?" Annabel schaute ihn neugierig an.

„Ich verstehe nicht ganz."

„Ganz einfach: Du bist mir sympathisch, aber ich bin weder auf der Suche nach der wahren Liebe noch nach einem One-Night-Stand."

„Sondern?"

„Ist das nicht offensichtlich?"

„Nein. Wir haben uns auf *FindHer* gematched, einer Dating-App. Für mich ist gerade gar nichts offensichtlich."

„Ich bin kein Single. Ich bin verheiratet."

„Ich verstehe nur Bahnhof, warum bist du dann bei *FindHer*?"

„Das hat andere Gründe."

„Und die wären? Willst du deinen Mann eifersüchtig machen? Dafür brauchst du kein *FindHer*. Du bist sehr hübsch und kannst doch an jeder Ecke jemanden aufreißen."

„Das ist lieb, dass du das sagst, ich nehme das mal als Kompliment auf."

„Was ist denn dann der Grund?"

„Hör zu, Hanfri, bei meinem Mann und mir ist die Luft raus."

„Also suchst du doch einen Seitensprung.“

„Nein, so ist es nicht. Es ist ein wenig komplizierter.“

„Kann dir gerade nicht folgen.“

„Okay, ich helfe dir auf die Sprünge. In den letzten Monaten ist das Sexleben von meinem Mann und mir etwas...“, sie machte eine kleine Pause, „sagen wir: *eingeschlafen*.“

„Das tut mir Leid. Und jetzt suchst du Ablenkung?“

„Nein. Ich suche nach etwas Spaß für meinen Mann.“ Hanfri dämmerte etwas. Er schluckte und behauptete hartnäckig: „Verstehe ich nicht.“

„Ich erkläre es dir.“

„Bitte nicht.“

„Unterbrich mich nicht. Also mein Mann, das habe ich jetzt herausgefunden, ist dem eigenen Geschlecht nicht so ganz abgeneigt.“ Sie schaute ihn vielsagend an. „Ich habe ihn vor ein paar Wochen dabei beobachtet, wie er sich im Internet Pornos angeschaut hat und sich dabei...Na ja, sagen wir mal, selber...er hat sich selber etwas verwöhnt.“

„Bitte?“

„Er hat sich auf einen Schwulenporno einen runtergeholt. Wie schwer bist du eigentlich von Begriff?“

„Ich... ich bin bei *FindHer*, weil ich tatsächlich sowas wie Liebe suche.“

„Du bist noch nicht lange bei *FindHer*, oder?“ Ihr Tonfall war irgendwie herablassend.

„Nein. Und wenn ich mich jetzt noch einmal entscheiden könnte, wäre ich auch niemals dort gelandet.“

Annabel nahm den letzten Rest der Banane, schluckte ihn effektvoll hinunter und leckte sich dann genüsslich über die Lippen.

„Hanfri, es ist ganz einfach. Ich möchte, dass du jetzt mit mir kommst, ich, also wir, wohnen hier ganz in der Nähe." Sie klemmte ihre Serviette unter den Teller und warf Hanfri einen fordernden Blick zu.

„Ich möchte dich mit meinem Mann zusammenbringen und will, dass ihr beide Spaß habt. Besorg es ihm richtig und wenn du ihn von hinten nimmst, gib ihm ruhig ein paar kleine Schläge auf den Hintern. Der mag es gerne etwas härter." Sie zwinkerte verrucht mit den Augen. „Und damit ich nicht zu kurz komme, filme ich euch dabei. Selbstverständlich lasse ich dir gern nachher eine Kopie des Materials zukommen."

„Das ist jetzt ein Scherz, oder?"

„Nein."

„Du bist verrückt."

„Nö, bin ich nicht. Ich liebe meinen Mann. Und ganz ehrlich macht es mich schon ein wenig geil....also der Gedanke, dass er sich mit einem anderen Schwanz vergnügt."

„Nene, Annabel, ich bin der Falsche für dich."

„Überlege es dir gut Hanfri, vielleicht vernasche ich dich danach, wenn du meinem Mann eine kleine Freude bereitet hast." Sie drückte mit ihren beiden Händen ihr Dekolleté hoch. „Wer weiß, du könntest dann auch ein wenig an diesen beiden Freunden spielen. Vorausgesetzt, mein Mann hat nichts dagegen. Das kann ich ja noch nicht sagen. Das Ganze soll ja eine Überraschung für ihn sein."

Hanfri klappte die Kinnlade runter.

„Nee, Annabel, lass mal besser.“

„Sicher?“

„Ja.“

„Schade, aber danke für die Einladung zum Eis.“ Sie nahm ihre Handtasche, stand auf, warf ihm ein Luftküsschen zu und ging.

Hanfri saß noch mit offenem Mund da. Der Kellner schmunzelte zufrieden, als er die Eisbecher abräumte: „Ach, dass das bei euch Heten immer so kompliziert sein muss.“ Hanfri ignorierte seinen Kommentar und verlangte nach der Rechnung.

Auf dem Heimweg rief er Jochen an und berichtete ihm von den beiden letzten Dates.

„Hanfri, lass dich nicht entmutigen. Sowas kann doch mal passieren. Beim nächsten Date wird es bestimmt besser. Sieh das Ganze mal als Lernprozess.“

„Als was? Mir vergeht die Lust auf Dates. Was kommt als Nächstes? Eine dominante Nymphomanin?“

„Ach, da könnte dir doch Schlimmeres passieren?“

„Schlimmeres? *Es könnte mir noch Schlimmeres passieren?*“

„Nun beruhige dich mal. Sieh es mal so: Lieber ein schlechtes als gar kein Date. Schau mal in die App, das nächste Date ist vielversprechender. Glaube mir, ich kenne mich damit aus.“ Wenn das mit den ganzen desaströsen Dates so weiterläuft, müsste er sich etwas überlegen, um aus dieser Nummer rauszukommen. Das schwor sich Hanfri und beendete das Gespräch mit Jochen.

Das nächste Date nannte sich Lulu. Zumindest nicht so ein doofer Phantasiename, dachte Hanfri und versuchte, sich ein wenig zu motivieren. Jochen hatte eine kleine Bar in der Nähe vom Kollwitzplatz ausgesucht. Prenzlauer Berg war nicht gerade sein Lieblingskiez, zu viele Hipster. Warum denn gerade Prenzlberg, hatte er Jochen gefragt. Der meinte, dass sei doch super, es gebe so viele Vorurteile über Prenzlberg. Man nenne es ja auch wegen der vielen Schwaben das Schwabylon von Berlin und es sei bekanntlich die Hauptstadt-Heimat der Latte-Macchiato-Mütter. Das sei *perfekt* für den Smalltalk. Jochens Ideenreichtum imponierte ihm schon ein wenig und er machte sich Gedanken, wie er das Gespräch anfangen könnte.

Am Kollwitzplatz suchte Hanfri sich einen Platz auf der Terrasse und musste nicht lange auf Lulu warten. Als er sie kommen sah, dankte er Jochen innerlich für dieses Date. Genau sein Typ. Sie hatte dunkle, lockige Haare, rehbraune Augen und war geschätzte 1,65m groß. Und sie hatte eine perfekte Figur. Lulu lächelte sympathisch, als sie ihn sah.

„Hi Hanfri."

„Hallo Lulu."

„Hanfri, ist das dein richtiger Name?"

„Eigentlich Hans-Friedrich mit Bindestrich, aber alle nennen mich nur Hanfri. Und du? Heißt du wirklich Lulu?"

„Nein, Manuela. Meine Omi rief mich immer Lulu, aber für Freunde einfach Manu. Ich hatte keine Lust auf so einen seltsamen Spitznamen, wie Großstadtpflanze, Girlinator oder so einen Scheiß wie Prinzessin auf der Erbse. Deswegen schlicht Lulu." Hanfri musste lachen.

„Ja, ein Glück! Pusteblume, Zauberfee123 und die Großstadtperle habe ich schon getroffen." Manu lächelte ihn an.

„Und? Noch nicht die Richtige gefunden, was?"

„Kann ich nicht gerade behaupten." Na, die Unterhaltung kommt wirklich gut in Fahrt, dachte sich Hanfri. Und sie fuhren fort, einen gepflegten Smalltalk zu führen, machten sich ein wenig über *FindHer* und die Profile dort lustig.

„Warum hast du dir eigentlich diese Ecke von Berlin für unser Treffen ausgesucht? Das war für mich eine halbe Weltreise."

„Wo wohnst du denn?"

„Lichterfelde, nicht schön, aber nicht so teuer. Also warum hier? Wohnst du hier?"

„Ne, ich wohne in Moabit."

„Also warum Prenzlberg?"

„Hast du was gegen Schwabylon?"

„Ja, zu spießig, dabei war das hier mal so eine Art Künstlerviertel. Habe ich zumindest mal gehört, keine Ahnung, ob das stimmt."

„Und nicht zu vergessen: Es ist die Heimat der Latte-Macchiato-Mütter", merkte Hanfri an. „Schau dich doch nur mal um, Manu." Tatsächlich saßen in diesem Café viele Mütter mit Kinderwagen, andere ließen ihren Nachwuchs spielen. Sie sahen sich um und mussten lachen. Manu fing an, die Berufe der Mütter zu erraten.

„Die da ist bestimmt Sozialpädagogin."

„Woran siehst du das?"

„Na, hör mal, das liegt doch auf der Hand. Die sitzt hier und strickt. Wie retro ist das denn bitte?"

„Meinst du nicht, dass das ein kleines Vorurteil ist?"

„Ein gewisses Maß an Vorurteilen kann manchmal ganz gesund sein. Hast du da etwa Zweifel?"

„Nein. Natürlich nicht. Die da drüben ist definitiv Karrierefrau und hat ihr erstes Kind", stieg Hanfri auf Manus Spiel ein.

„Meinst du?"

„Klar. Guck hin. Ist ganz eindeutig." Manu beobachtete die Frau und überlegte.

„Also erstes Kind kann ich nachvollziehen, sie liest ein Buch *Meine junge Familie und ich*. Aber Karrierefrau? Hilf mir, Hanfri!"

„Okay, ihre Kleidung ist ziemlich nobel, schaut nach einem teuren Designer vom Kuhdamm aus. Und ihren Ehering kannst du bis hierhin blitzen sehen. Richtig teurer Klunker, so wie der restliche Schmuck von ihr." Manu lachte und schaute ihn respektvoll an.

„Also, hör zu, Hanfri, ich glaube, wir suchen doch beide das Gleiche, oder?"

„Tun wir das?", fragte er leicht naiv.

„Ja. Eindeutig, ich kann deine Blicke lesen, sehe, wie du mich anguckst."

„Wie schaue ich dich denn an?"

„Das verrate ich dir gleich. Wenn wir zu mir fahren." Sie stand auf. „Zahl schon mal, ich gehe mir mal die Hände waschen." Die Dating-Desaster-Reihe schien endlich vorbei zu sein! Jochen hatte also Recht gehabt. Er atmete erleichtert aus. Als Manu zurück kam, stand er auf, nahm ihre Jacke vom Stuhl und half ihr hinein.

„Oh, ein Gentleman bist du auch noch. Das gefällt mir. Viele Männer erinnern sich nicht mehr an diese schönen, altmodischen Gesten." Sie gingen zur nächsten Tramstation und machten weiter ihre Späße über Prenzlauer Berg. Als sie ein veganes Restaurant passierten, meinte Manu: „Ich bin echt froh, dass du das hier NICHT als Treffpunkt vorgeschlagen hast. Dieser ganze vegane Kram geht mir auf die Nerven." Hanfri lachte. Sie ging zwei Schritte vor, drehte sich um, lachte zurück.

„Ich habe Fleischeslust, Hanfri." Und ehe er sich versah, drückte sie ihm einen Kuss auf den Mund. „Und du hast sie auch, das lese ich in deinen Augen."

40 Minuten später und nach endlos wildem Geknutsche stiegen sie wie frisch verliebte Teenager am S-Bahnhof Lichterfelde–Ost aus.

„Wo lang?", keuchte Hanfri.

„Wo lang?", äffte sie ihn nach und alberte weiter: „Hier lang, da lang, mir nach!"

Manu gefiel ihm, ihre lockere Art. Die fast schon infantile Albernheit hatte so etwas sorgenloses. Das hatte eine befreiende Wirkung auf ihn und ließ ihn all die seltsamen Datings der letzten Tage vergessen. Wenige Minuten später standen sie vor ihrer Haustür. Ein schönes, gepflegtes Mehrfamilienhaus. Sie legte beide Arme um Hanfri und küsste ihn innig.

„Also, bevor wir jetzt hochgehen…", fing sie an, „müssen wir nur noch eine winzige Sache klären."

Und sie machte mit Daumen und Zeigefinger die Geste für eine Kleinigkeit.

„Und die wäre?" Hanfri war verdutzt.

„Nun tu nicht so, als wüsstest du nicht, was ich meine."

„Wenn es um Verhütung geht, ich habe Kondome dabei."

„Das meine ich nicht."

„Was dann?"

„Stehst du so auf der Leitung?"

„Scheinbar." Seine Euphorie drohte zu verfliegen. Manu ging einen Schritt zurück und warf sich in eine sexy Pose, stemmte die Arme in die Hüften, streckte ihre Brust und ihren Hintern gleichzeitig raus. „Also mein lieber Hanfri: *Was ist es dir wert?*"

„Wie *wert?*"

„Was ist es dir wert, wenn du mich nach oben begleitest?" Ihm fiel die Kinnlade runter. Mit offenem Mund stand er vor ihr und fing an zu stottern: „Was meinst du damit, Manu? Muss ich dafür bezahlen, oder was?" Ihm schwante Schlimmes. Sie stupste ihn mit dem Zeigefinger ans Kinn.

„Hanfri! Süßer, naiver Hanfri. *Bezahlen*, das ist so ein hässliches Wort. Aber über das kleine Taschengeld sollten wir schon vorher reden?"

„Sag mal, spinnst du jetzt total!", platzte es aus ihm heraus.

„250 €. Du darfst auch bei mir duschen."

„Sag, dass das jetzt ein übler Scherz ist." Manus Lächeln wich einem ernsten Blick.

„Du hast doch nicht etwa geglaubt, dass ich so leicht zu haben bin?"

„Du denkst doch nicht etwa im Ernst, dass ich dir jetzt 250 € in die Hand drücke, nur damit du mit mir schläfst? Ich dachte, das hier wäre ein ganz normales Date?" Er ging einen Schritt auf sie zu, doch Manu schubste ihn so kräftig von sich weg, dass er fast gestolpert wäre.

„Schade, Hanfri, wirklich schade. Wir beide hätten unseren Spaß haben können!" Wie aus dem Nichts zog sie ihren Haustürschlüssel aus der Tasche, öffnete die Tür und ehe er überhaupt realisieren konnte, was hier gerade passierte, schlug sie die Tür vor seiner Nase zu. Verdattert stand Hanfri nun da. Das musste doch ein schlechter Traum sein. Scheinbar nicht.

Er wurde wütend. Wütend auf Jochen, wütend auf Manu für diese Dreistigkeit und vor allen Dingen wütend auf sich, dass er diesen ganzen, verdammten Dating-Scheiß überhaupt mitmachte. Er ging zurück auf die Straße, Richtung S-Bahnhof im Nirgendwo und kramte sein Handy hervor. Nur noch 2% Akku. Egal, das muss reichen, um Jochen die Meinung zu sagen. *Der gewünschte Teilnehmer ist zur Zeit nicht erreichbar, versuchen Sie es zu einem späteren Zeitpunkt noch einmal.* Dann verabschiedete sich sein Akku.

Endlich Zuhause öffnete er eine Flasche Rotwein, fläzte sich gemütlich auf die Couch und schaltete den Fernseher ein. Kein Date mehr, das schwor er sich. Sollte Jochen ihn doch mit dem Foto weiter unter Druck setzen. War ihm doch egal. Nach diesen ganzen komischen Dates würde sich Jochen das eh nicht trauen.

Es war schon später Vormittag, als Hanfri mit einem mörderischen Schädel auf seiner Couch erwachte. Er fasste sich an den Kopf und schaute sich vorsichtig um. Neben der Couch lag die Flasche Rotwein vom Vorabend und daneben noch drei Flaschen Bier. Er schleppte sich ins Bad, nahm erst einmal eine lange, warme Dusche und wurde allmählich wach. Bei einer Aspirin warf er einen Blick auf sein Handy. Zwei Anrufe in Abwesenheit. Jochen. Der kann mich mal, dachte er sich und schmiss das Handy aufs Bett. Heute war handyfrei. Er zog sich an, ging aus dem Haus, nahm sein Fahrrad und radelte zum Teufelsberg. Der Ausflug in die Natur sollte ihn beruhigen und auf andere Gedanken bringen. Und vor allen Dingen überlegte er, wie er Jochen am besten klar machen könnte, ihren tollen Datingdeal auf Eis zu legen.

Der Teufelsberg liegt in Grunewald und ist mit knapp 120 Meter Höhe einer der höchsten Trümmerberge Berlins. Man schätzt, dass hier ab den 1950er Jahren rund ein Drittel der Kriegstrümmer abgeladen wurden. Irgendwann hatten die Amerikaner den Platz für sich entdeckt und ihre Abhörstation auf der Bergspitze errichtet. In den 1970er Jahren ließ der Berliner Senat hier über eine Million Bäume pflanzen und so umgibt den Teufelsberg heute ein wunderschöner Wald. Nach der Wende räumten die Amerikaner ihre Abhörstation und die Bergspitze wurde eine beliebte Sehenswürdigkeit. Insbesondere deshalb, weil man hier einen wunderbaren Ausblick auf Berlin genießen kann.

Hanfri spazierte durch den Wald langsam den Berg hinauf, die Gebäude waren heruntergekommen, mit kaputten Fensterscheiben, teilweise verbarrikadierten Türen. Trabantenstadtartig wirkte es auf ihn. In einigen Räumen brachten Sprayer ihre Graffiti an die Wände, aus einer Lautsprecherbox dröhnte deutscher HipHop. Hanfri schaute ihnen dabei zu und ging dann die schmalen Treppen hoch aufs Dach. Die Musik wurde leiser und er genoss den imposanten Ausblick auf die Stadt. Es überraschte ihn immer wieder, wie grün Berlin eigentlich ist. Trotz 3,5 Millionen Einwohner ist die Stadt voller Grünflächen und Natur. Er setzte sich auf den Boden, lehnte sich zurück an die Mauer und döste ein wenig.

Als er am späten Nachmittag zu Hause ankam, staunte er nicht schlecht, als Jochen vor seiner Haustür saß.

„Was willst du von mir?“, raunzte Hanfri.

„Warum gehst du nicht an dein Handy?“

„Liegt auf dem Bett.“

„Ich habe den ganzen Tag versucht, dich anzurufen. Dir zig Nachrichten geschrieben. Und weil du nicht geantwortet hast, dachte ich mir: Jochen, da stimmt was nicht.“

„Tut es auch nicht. Wenn du bitte einen Schritt beiseite gehst, ich möchte mein Fahrrad in den Hinterhof stellen.“ Jochen folgte ihm unaufgefordert.

„Wie war dein Date mit Lulu gestern?“

„Lass mich mit diesem Scheiß zufrieden!“

„Wieso? Sag nicht, dass....“ Er machte eine Pause.

„Jochen, ich habe auf diesen Scheiß keinen Bock mehr. Es reicht. Wirklich. Das Maß ist voll.“

„Erzähl mal, auf den Bildern sah die doch ganz süß aus. Oder..", er blickte ihn hoffnungsvoll an, „oder hat es etwa bei dir gefunkt?"

„Gefunkt? *Gefunkt?* Einen Scheiß hat es gefunkt! Wir haben uns prächtig verstanden, toll unterhalten, rumgealbert, Witze gemacht, geknutscht und dann hat sie mich aufgefordert, mit zu ihr zu kommen."

„Hanfri, du alter Schwerenöter, das ist doch super!" Jochen klopfte ihm auf die Schulter, doch Hanfri stieß seine Hand weg.

„Super? Sag einmal noch *super* und ich raste aus. Vor ihrer Haustür fragte sie mich doch glatt nach Geld."

„Was? Sie wollte sich Geld leihen? Na, das kann man doch schon mal machen. Ich habe dir doch auch einmal aus der Patsche geholfen."

„Nein, von leihen war nicht die Rede. Sie wollte für den Sex bezahlt werden."

„Nee, oder? Du machst einen Scherz, Hanfri."

„Nein, kein Scherz." Er ging die Treppe hoch und Jochen folgte ihm.

„Das musst du mir jetzt noch einmal erzählen. Kann doch nicht sein, dass du bei deinen Dates so viel Pech hast! Ein, zwei Rückschläge muss jeder von uns einmal einstecken. Aber du... du bringst die ganze *FindHer*-Erfolgsquote durcheinander. Jetzt lass dich mal nicht entmutigen, es kommen bessere Zeiten und vor allen Dingen bessere Dates."

„Ne, lass mich jetzt damit in Frieden."

„Würde ich ja, aber ich kann dich da gerade nicht in Ruhe lassen."

„Doch. Kannst du, sollst du, musst du. Als mein Freund ist das deine Pflicht."

„Meine Pflicht als dein Freund ist dafür zu sorgen, dass du glücklich bist. Schau mal", er zeigte ihm ein Foto auf seinem Handy, „ich habe dir für heute Abend ein neues Date klargemacht." Hanfri ignorierte es.

„Kein Interesse."

„Nun wirf doch mal einen Blick auf ihre Bilder."

„Jochen, verstehst du nicht? Ich habe keinen Bock mehr auf diese Datingscheiße und all diese verrückten Weiber!"

„Ja, ich weiß. Du hattest jetzt ein wenig Pech. Das kann jeder mal haben. Das passiert. Das ist doof und ärgerlich."

„Doof und ärgerlich? Mehr fällt dir dazu nicht ein? Hast du überhaupt eine Idee, wie ich mich nach diesen ganzen Dates fühle? Hast du bei der ganzen Sache nur einmal an mich gedacht?"

„Pausenlos, Hanfri, pausenlos." Jochen schaute ihn ernst an: „Hör mal zu, es tut mir leid, dass das mit den letzten Dates nicht ganz so lief wie geplant. Aber nun sieh das doch mal positiv."

„Was, *was,* soll ich daran positiv sehen?"

„Es kann doch gar nicht mehr schlimmer kommen. Du bist jetzt am Anfang der Daterei mit allem konfrontiert worden, was dir passieren konnte. Ab jetzt wird es besser werden. Es geht bergauf. Glaube mir doch einfach mal."

„Ich wünschte, ich könnte das."

„Jetzt zieh dir die mal rein. *Traumtänzerin.* Angie im echten Leben. Die ist doch genau dein Typ." Hanfri warf einen kurzen Blick auf ihre Bilder. Jochen hatte nicht zu viel versprochen. Bildhübsch. Scheinbar ein Model. Doch er blieb standhaft.

„Die ist wohl Model, die steht doch bestimmt auf ganz andere Typen", warf er ein.

„Genau das ist es ja, sie sucht einen ganz normalen und witzigen Mann. Nichts abgehobenes. Lies doch mal, was sie geschrieben hat", forderte Jochen ihn auf, öffnete den Chatverlauf und drückte ihm das Handy in die Hand. Widerwillig las Hanfri und staunte nicht schlecht: Jochen hatte sie charmant um den Finger gewickelt.

„Bei der habe ich doch nie eine Chance", meinte Hanfri mutlos.

„Natürlich hast du das. Und ich habe euch auch einen guten Treffpunkt ausgesucht. Das *Paula und Ben* in Kreuzberg. Da gehst du doch immer gerne hin."

„Da war ich schon ewig nicht mehr, aber zumindest ist es nicht der Nollendorfplatz oder Prenzlberg."

„Versuche es doch bitte zumindest. So ein Mädchen wie Angie würdest du alleine in einer Bar niemals ansprechen und ich habe das gute Gefühl, dass es ein tolles Date wird."

„Ich weiß nicht recht."

„Ihr trefft euch dort um 20 Uhr. Ich muss jetzt los, ich bin noch mit Michaela verabredet. Die wartet schon seit zwei Stunden auf mich."

„*Zwei Stunden?*"

„Ja, ich saß fast drei Stunden vor deiner Tür. Die hat mich schon für total verrückt erklärt."

„Du hast echt drei ganze Stunden vor meiner Tür gewartet?"

„Na klar."

„Wahnsinn."

„Na höre mal, ich habe mir echt Sorgen um dich gemacht. Also, gehst du nun zu dem Date mit Angie?"

„Na gut. Einmal noch", gab Hanfri zum Abschied klein bei.

Die Legende von Paula und Ben ist eine gemütliche und entspannte Bar in Kreuzberg, zwischen Südstern und Gneisenaustraße. Hanfri war Jochen dankbar für die Wahl der Bar, denn neben guten Cocktails und sehr guten Spirituosen gab es im *Paula und Ben* auch gute Weine. Früher war er öfter mit Bianca dort, weil sie seine Leidenschaft für Wein teilte. In der Bar begrüßte ihn Turadj, der Wirt.

„Hanfri, dich habe ich ja eine Ewigkeit nicht mehr gesehen. Was treibst du so? Wie geht es Bianca?"

„Keine Ahnung, wie es ihr geht. Wir sind nicht mehr zusammen."

„Oh Mann, das tut mir leid. Ihr wart immer so ein nettes Paar."

„Ja, shit happens."

„Was treibt dich mal wieder zu mir?"

„Bin verabredet."

„Ein Date?"

„Eine Bekannte, mehr nicht. Bring mir bitte schon mal ein Wasser." Hanfri setzte sich an einen Hochtisch in der Nähe der Theke mit Blick auf die Eingangstür und schaute sich noch einmal Angies Profilbilder an. Sie sah wirklich aus wie ein Topmodel.

Ein paar Minuten später betrat Angie die Bar. Und Hanfri klappte die Kinnlade runter. Sie sah noch heißer aus als auf ihren Bildern. Haarscharf an der Grenze zu billig und slutty. Die pechschwarzen Haare offen, sie trug einen kurzen, *sehr kurzen* schwarzen Rock, dunkle Strumpfhosen,

High Heels, eine weiße Bluse leicht aufgeknöpft. Darunter blitzte ein schwarzer Spitzen-BH hervor. Dem nicht genug war sie geschminkt, als hätten sie sich zur Oscarverleihung verabredet.

„Hanfri?"

„Ja." Mehr bekam er nicht heraus.

„Sitzen wir etwa hier?"

„Ähm, ja", erwiderte er und schaute sich um. Alle gemütlichen Sitzecken waren bereits von anderen Pärchen besetzt. So eine Sitzecke wäre natürlich viel besser gewesen.

„So sitzen wir näher an der Theke und müssen nicht lange auf unsere Drinks warten", redete er sich raus.

„Aha", erwiderte sie etwas skeptisch und setzte sich im gegenüber. Sie schaute auf Hanfris Wasserglas. „Wasser? Findest du es dafür nicht ein wenig spät?"

„Na ja, man sollte am Tag mindestens zwei Liter Wasser trinken."

„Müssen wir aber auch nicht." Angie verdrehte die Augen.

„Warte, ich hole uns mal schnell zwei Getränkekarten." Hanfri sprang auf und winkte Turadj herbei.

„Gibst du mir bitte zwei Getränkekarten und kannst du uns einen Platz da hinten klarmachen?", er zeigte auf die Sitzgruppen.

„Ha, also doch ein Date", lachte Turadj.

„Das ist doch jetzt egal, oder? Siehst du die Frau?"

„Date."

„Ja, ein Date, also bitte blamiere mich und mach uns einen gemütlichen Tisch klar."

„Keine Sorge, hier sind die Karten. Und wegen dem Platz, mal sehen, was ich machen kann."

„Angie, Turadj schaut mal, was er wegen einem anderen Platz machen kann", triumphierte Hanfri ein wenig. „Worauf hast du Lust? Bist du eher eine Cocktailtrinkerin, bevorzugst du Longdrinks oder möchtest du einen Wein trinken?"

„Weißwein wäre okay für mich."

„Gut, darf ich uns was aussuchen?"

Sie nickte wortlos.

Hanfri schaute zu Turadj und winke ihn herbei. „Ist Riesling okay für dich?", fragte er in Angies Richtung.

„Meinetwegen." Sie machte einen gelangweilten Eindruck. „Bist du öfter hier? Den Barkeeper scheinst du ja ganz gut zu kennen."

„Ich war früher mit meiner Ex öfter hier."

„Ah, frisch verlassen?"

„Na ja, vor vier Monaten."

„Wart ihr lange zusammen?"

„Zehn Jahre."

„Das ist lange. Und? Trauerst du ihr hinterher?"

„Es geht."

„Damit eines klar ist, Hanfri. Ich bin nicht auf ein *Ich-will-meine-Ex-vergessen-und-habe-deshalb-heute-Sex-Date* aus."

Sie schaute ihn intensiv und eindringlich an. Er konnte ihrem Blick nur schwer standhalten.

„Nein, das suche ich nicht", stammelte er.

„Gut, denn sonst würde ich jetzt aufstehen und gehen. So etwas habe ich nicht nötig und keinen Bock drauf. Ich will ehrlich sein: Du passt rein äußerlich eigentlich gar nicht in mein Typschema, aber du hast so nett geschrieben. Darum dachte ich, dem gebe ich mal eine Chance." Hanfri rutschte etwas nervös auf seinem Barhocker hin und her. Turadj brachte ihnen zwei Gläser Wein und Hanfri hob sofort seines.

„Prost."

„Salud."

Hilflos kreiste Hanfris Blick durch die Bar. Immer noch kein anderer Tisch frei. Er suchte Blickkontakt mit Turadj. Dann ging die Eingangstür auf. Und Hanfri rutschte das Herz in die Hose. Bianca betrat die Bar.

„Scheiße, das hat mir gerade noch gefehlt", fluchte er, duckte sich und versuchte, sich klein zu machen, damit Bianca in ja nicht sehen konnte.

„Was? Was hat dir gerade noch gefehlt?", fragte Angie.

„Meine Ex, beweg dich nicht. Sie muss mich ja nicht unbedingt sehen." Angie schaute ihn entgeistert an und drehte sich neugierig zur Eingangstür um.

„Welche?"

„Die da an der Bar, die jetzt mit Turadj spricht. Könntest du bitte... ich will nicht, dass sie mich sieht." Zu spät. Bianca sah in ihre Richtung und erblickte Hanfri. Sein Blut schoss mit atemberaubender Geschwindigkeit durch seine Adern, der Puls stieg ins Unermessliche. Bitte, Bianca, ignoriere mich. Bitte, Bitte!, flehte er innerlich. Fehlanzeige, sie steuerte direkt auf sie zu.

„Na, Hanfri", Bianca schaute ihn an, „was machst du denn hier?" Dann musterte sie Angie. „Und sie? Deine Neue?"

„Ähm…" Mehr brachte Hanfri nicht heraus.

„Aha… Zahlst du jetzt etwa schon für ein wenig Gesell-schaft?", fragte Bianca und blickte missbilligend an Angies luftigem Outfit herab. Hanfri schluckte. Und schwieg. Er schaute Bianca an, dann Angie. Angies Miene verfinsterte sich.

„Und jetzt fällt dir wieder nichts ein. Unverändert: Hanfri, Mann ohne Haltung." Das saß.

„Es ist nicht das, wonach es aussieht", brachte er noch hervor.

„Weißt du, Hanfri, das interessiert mich nicht mehr", erwiderte Bianca. „Ich habe mit uns abgeschlossen. Schon lange. Viel Spaß noch mit deiner… deiner *Verabredung*." Bianca ließ sie zurück und gesellte sich an den Tisch eines wartenden Herrn, den Hanfri nicht kannte.

„Hast du gerade zugelassen, dass deine Ex mich eine Professionelle genannt hat? Was bist du denn für ein Weichei?"

„Nein. Wie kommst du denn darauf?"

„Hast du." Angies Blick verfinsterte sich weiter, sie kniff die Lippen zusammen und Hanfri konnte ihr die Wut im Gesicht ablesen.

„Ich habe Bianca gerade zum ersten Mal seit vier Mo-naten wiedergesehen. Du, das hast du jetzt gerade echt missverstanden. Die ist nicht so", versuchte er sich her-auszureden.

„Wie denn dann?"

„Na, anders."

„Weißt du was, Hanfri, wir beenden das jetzt mal hier."

„Was?"

„Sorry, habe echt keine Lust auf sowas. Viel Spaß noch und komme mal mit deiner Trennung klar. Selten einen Mann mit so wenig Eiern getroffen.“ Sie drehte sich um und ging. Hanfri war sprachlos, nahm sein Weinglas und leerte es in einem Zug. Jochen! Der war an allem hier Schuld. Er hatte die Bar und das Date ausgesucht. Das sollte er ihm büßen. Sowas nannte sich bester Freund? Er zog sein Handy aus der Jackentasche hervor und rief Jochen an.

„Hey Hanfri, du störst. Hast du nicht gerade ein Date? Das Handy bleibt bei einem Date in der Tasche, das ist Regel Nummer Eins. Können wir später telefonieren?“

„Scheiß drauf. Warum hast du Arschloch *Die Legende von Paula und Ben* ausgewählt?“

„Ich wollte, dass du dich bei so einem heißen Date wohlfühlst. Warst du da nicht öfter mit Bianca?“

„Ja, genau, *Bianca*.“

„Nun hör mal auf ihr nachzutrauern.“

„Nee, nichts da. Sie kam gerade hier rein und hat mir das ganze Date versaut.“

„Und Angie?“

„Die ist gegangen.“

„Nicht dein Ernst, oder? Michaela, hör mal bitte kurz auf...“

„Jochen, wir beenden diese ganze Dating-Geschichte. Ich habe die Schnauze voll.“

„Wo bist du denn jetzt?“

„Wo soll ich schon sein? In der *Legende von Paula und Ben*.“

„Bleib, wo du bist. Bin in einer Viertelstunde bei dir.“

„Und dann?“

„Dann reden wir über alles. Michaela, warte mal...“, hörte er Jochen murmeln. Dann legte er auf. Hanfri fühlte sich unwohl. Bianca hatte bestimmt genau mitbekommen, wie er sitzen gelassen wurde. Er traute sich gar nicht, sich umzuschauen. Denn dann hätte er wahrscheinlich ihren triumphierenden Blick gesehen. Zwanzig Minuten später stürmte Jochen rein und marschierte schnurstracks auf ihn zu.

„Deinetwegen konnte ich gerade einen genialen Blowjob nicht mehr genießen.“

„Deinetwegen hatte ich ein weiteres total beschissenes Date.“

„Was lief denn nun schief? Angie war doch echt heiß, oder nicht? Und wie konnte Bianca dir das Date versauen?“ Hanfri begann zu erzählen und Jochen hörte ihm aufmerksam zu. Als Hanfri fertig war, schaute Jochen zu Bianca rüber. Die beiden Blicke trafen sich. Die zwei hatten sich noch nie gut verstanden.

„Komm, Hanfri, wir gehen jetzt besser. Ich kenne ganz in der Nähe noch eine andere kleine Bar.“

Sie gingen in eine urige Berliner Kneipe, setzten sich, bestellten zwei Bier und Jochen versuchte seinen Freund zu beruhigen.

„Hanfri, es tut mir Leid, du hast jetzt mit deinen Dates echt Pech gehabt."

„Pech gehabt, nennst du das? *Pech gehabt?* Ich nenne es das absolute Dating Desaster. Ehrlich, da vergeht mir die Lust, jemanden zu treffen."

„Du, das kann ich sehr gut nachvollziehen, aber..."

„Nichts aber."

Jochen legte seinen Arm auf Hanfris Schulter: „Nun sieh doch mal das Gute an der Sache." Hanfri stieß seinen Arm weg.

„Was soll ich denn daran Gutes sehen? Mal ganz im Ernst: Ich habe auf diese ganzen Dates keine Lust mehr. Und ich zweifle gerade wirklich an unserer Freundschaft. Mach mit dem Bild doch was du willst. Poste es bei facebook, hänge es an Litfaßsäulen, in U-Bahnstationen, überall. Es ist mir egal."

„Welches Bild, Hanfri?"

„Na, DAS Bild."

„Welches Bild, Hans-Friedrich?", wiederholte er seine Frage und lächelte ihn kurz verschmitzt an.

„Na, das aus Amsterdam."

„Es gibt kein Bild mehr aus Amsterdam."

„Was? Wiederhole das. Sofort."

„Es gibt kein Bild aus Amsterdam. Es hat auch nie eins gegeben. Der Film der Kamera war damals schon längst voll." Hanfri stockte der Atem, er rang nach Luft und nach Worten. Ungebändigte Wut stieg in ihm hoch.

„Waaaas? Waaaas? Es gibt KEIN Bild??? Du, Du Arschloch!!!", schrie er Jochen so laut an, dass sich sämtliche Blicke der anderen Gäste auf sie richteten. Doch das war Hanfri jetzt egal. Es gab kein Bild? Er kochte über vor Wut. „Das ist jetzt nicht dein Ernst, oder?"

„Na hör mal, mein Lieber", versuchte Jochen sich zu rechtfertigen, „was denkst du denn von mir? Ich bin vielleicht manchmal ein Arschloch, ich weiß. Aber war ich jemals ein Arschloch zu dir? Denkst du echt, ich würde so etwas bringen oder gar nur daran denken?" Hanfri schaute ihn überrascht an.

„Na ja, ich dachte schon, du meintest es ernst. Ich traue dir vieles zu."

„Pass mal auf: Nach der Trennung von Bianca hast du mir Leid getan. Ich wollte einfach, dass du dich wieder ein wenig ablenkst. Du hast dich so massiv geweigert, da habe ich zu der kleinen Notlüge gegriffen."

„Tolle Notlüge."

„Weißt du, wie ich auf *FindHer* gekommen bin?"

„Keine Ahnung. Deine ganzen Liebschaften interessieren mich einen Scheißdreck."

„Also, ich habe ein großes Problem."

„Das glaube ich dir und dein Problem bin ich. Ich würde dir am liebsten…"

„Hanfri, nun höre mir doch mal einen Moment zu. Ich möchte dir etwas erklären."

„Jetzt soll ich dir zuhören? Nach der ganzen Fotolüge, den desaströsen Dates? Ich höre dir doch die ganze Zeit schon zu! *Das ist das Problem.*“

„Hanfri, ich kann deinen Ärger verstehen. Ich bitte dich. Lass es mich doch erklären.“ Hanfri schnaubte, er war immer noch auf 180. „Also“, begann Jochen erneut, ungewöhnlich ernst. „Ich bin nicht so ein toller Typ, wie du vielleicht denken magst. Wirklich nicht. Gut, ich bin zwar nicht auf den Mund gefallen, aber ich schaffe es nicht, eine Frau in einer Bar oder in einem Club anzusprechen, geschweige denn auf der Straße. Ich bekomme da einfach kein Wort raus.“

„Und ich glaube dir *kein Wort*, Jochen.“

„Hanfri, wenn ich es dir doch sage. Ich bin eigentlich total schüchtern und unsicher. Und da kam mir das ganze *FindHer*-Gedöns echt entgegen.“

„Ach, erzähl mir doch nichts. Du hattest doch immer heiße Geräte am Start.“

„Ja, und weißt du, woran das lag?“ Hanfri schaute ihn fragend an. „Sämtliche Freundinnen waren entweder auf meine Kohle aus oder erhofften sich von mir einen Karrieresprung. Von Liebe konnte da nie die Rede sein. Und wenn ich mal versucht habe so ganz normal eine Frau kennenzulernen, sie auf der Straße anzusprechen, bin ich sang- und klanglos gescheitert.“

„Was willst du mir damit sagen?“

„Ja, ich bin beruflich erfolgreich, verdiene viel Geld. Aber Freunde… einen richtigen Freund habe ich nur einen. Dich.“

„Du übertreibst.“

„Ausnahmsweise jetzt einmal nicht. Ich habe Bianca und dich immer beneidet. Und dich, Hanfri, dich habe ich bewundert. Bianca zuliebe bist du nach Berlin gegangen, hast dich und deinen Beruf ihrem Leben untergeordnet. Wer macht denn sowas! So selbstlos, so liebevoll. Und dann stößt sie dich dermaßen vor den Kopf und verlässt dich. Alter, das hast du echt nicht verdient. Nun schau dich an: Bist du zufrieden mit deinem Job?“

„Nein, nicht so richtig.“

„Bist du mit deinem Leben zufrieden?“

„Jochen, was wird das jetzt? Ne Psychostunde?“

„Nein, Hanfri, ich will dich zurück ins Leben holen. Ich will dich aufwecken und dich wach küssen lassen.“

„Jochen, der Samariter.“

„Nein. Jochen, dein Freund. Schau, *FindHer* hat einen tollen Vorteil. Wie erkläre ich es dir am besten?“

Jochen machte eine nachdenkliche Pause. „Das Tolle an *Findher* ist ja, dass es dir diese Hürde des Ansprechens nimmt. Wenn du eine Frau *matched*, hat dir die App nämlich schon den ersten Schritt abgenommen. Die Frau hat dir bereits signalisiert, dass du ihr sympathisch bist. Da fällt es dir doch viel leichter sie anzuschreiben.“

„Ist das so?“

„Ja. Schau, hättest du Angie oder die Kleine im Waldorf in der Bar einfach so angesprochen?“

„Nein, nie im Leben.“

„Siehst du. Hanfri, es sind heutzutage komische Zeiten. Scheinbar lernt man auf normalem Weg niemanden mehr kennen. Aber hey, als ich dich so dahinsiechen sah, musste ich etwas unternehmen.“

„Warum hast du es mir dann nicht einfach genau so erklärt?“

„Habe ich doch.“

„Nein, hast du nicht, du hast von Abschleppen geredet,
von wildem Nächten und Blümchensex und sonst was.“

„Na, alles andere hätte doch total langweilig geklungen.
Und *FindHer* ist alles andere als langweilig. Glaub mir, hin
und wieder einen wegstecken, das tut dir auch ganz gut.“

Hanfri schaute Jochen entnervt an und holte tief Luft.
Jochen konnte Hanfris Blicke lesen.

„Es wird besser werden.“

„Können wir das Ganze nicht einfach sein lassen?“

„Nein, noch nicht. Bitte gib der Sache noch eine letzte
Chance. Die müssen sich doch gelohnt haben, diese ganzen
Niederlagen. Du wirst sehen, dass du wieder Freude am
Flirten haben wirst. Aber zuallererst müssen wir deine
Flirtkenntnisse wieder etwas auffrischen. Trink aus, wir
gehen.“

„Wohin?“

„Zu dir.“

„Hanfri, fahr deinen Rechner hoch und geh auf Youtube. Hast du Bier im Kühlschrank?"

„Bin mir nicht sicher, ob da noch was drin ist. Schau halt mal rein." Jochen kam mit zwei Bier ins Wohnzimmer, quetschte sich zu Hanfri auf die Couch.

„Rück mal und gib mir deinen Rechner. Wir beide schauen uns jetzt mal ein paar Dating-Tutorials an."

„Boah, Jochen, muss das sein..."

„Schau, höre und lerne. Du wirst sehen, schon bald bist du der absolute Datingexperte."

Das erste Video, dass Jochen bei Youtube auswählte, klang ungemein vielversprechend:

Die Kunst des Verführens – jeder Mann kann das

Man sah eine Bar mit sich unterhaltenden Pärchen und wie mehrere Männer nacheinander von potentiellen, weiblichen Gesprächspartnern abgewiesen wurden. Eine sonore, seriös tief klingende Männerstimme im Off fing langsam an zu reden:

Diese Situation kennt jeder Mann.
Mann fasst allen Mut zusammen,
spricht eine Frau an
und kassiert eine Abfuhr.
Das ist enttäuschend, entmutigend und deprimierend.

Mann verliert die Lust am Flirten.
Doch, das muss nicht sein.

Verhaltensforscher und Wissenschaftler
haben jahrelang geforscht und nun herausgefunden,
worauf Frauen bei Männern achten
und wie sich Männer beim Flirten verhalten sollten,
um erfolgreich zu sein.

Der erste Eindruck ist entscheidend.
Der erfolgreiche Verführer von heute kleidet sich gut,
gibt sich als Mann von Welt.
Schlabberlook ist out.
Er ist selbstsicher, selbstbewusst und redegewandt.

Nun sah man einen Mann, Anfang 30, der aussah, als sei er soeben dem neusten Hugo-Boss-Katalog entsprungen: markante Gesichtszüge, stechende Augen, eine perfekt auf etwas durcheinander getrimmte Frisur. Das sollte er also sein? Der perfekte Verführer? Der personifizierte Mann aller Männer? Er lächelte in die Kamera und sprach dem Zuschauer Mut zu:

Flirten?
Das ist ein Kinderspiel.
Das kann jeder.
Die erfolgreiche Art des Abschleppens
besteht aus vier elementaren Säulen.

Beim Aufzählen zählte er demonstrativ mit seinen Fingern mit, betonte jedes Wort übertrieben und lächelte überlegen in die Kamera:

Erfassen.
Nähern.
Anmachen.
Abschleppen.

Er setzte seine Sonnenbrille auf und betrat die Bar hinter ihm. Im Türrahmen kurz innehaltend, inspizierte er den Raum und die darin befindlichen Personen. An der Theke unterhielten sich einige junge Leute, unter ihnen eine auffallend hübsche Frau. Die Stimme im Off erklärte nun die Lage, auch wenn es eher an eine Tierdokumentation erinnerte:

Als erstes steckt der erfolgreiche Verführer sein
Jagdgebiet ab.
Er inspiziert die Lage.
Und entdeckt seine Beute.
Der erste Blickkontakt ist wichtig und entscheidend.
Er schaut ihr direkt in die Augen.
3 Sekunden lang.
Keinesfalls länger.
Dann bewegt er sich langsam auf sie zu.
Eine aufrechte Körperhaltung verrät Selbstbewusstsein.

Was für ein Schrott, dachte sich Hanfri und schaute Jochen an. Sofort verstand der seine stumme Frage.

„Warte ab“, sagte Jochen, „das ist alles gar nicht so dumm, wie es gerade auf dich wirkt.“ Sie schauten weiter zu. Das Hugo-Boss-Model erklärte absolute No-Go's, unterschiedliche Flirttaktiken und führte den perfekten Flirt vor, während die sonore Off-Stimme erklärte:

Wichtig ist es,
genau auf sein Gegenüber einzugehen,
es zu spiegeln, wie die Experten es nennen.
Imitiere sie!

Wenn die Frau die Beine übereinanderschlägt,
machst du es ihr nach.

Wenn die Frau trinkt,
trinkst du auch und schaust sie dabei an.

Welche Worte benutzt sie? Was sind ihre Hobbies?
Achte auf eine ähnliche Wortwahl und heuchle
gleiche Interessen vor.

„Jochen, nimmst du das etwa ernst?“

„Natürlich wirkt das hier alles übertrieben, aber es geht um die Kernaussagen. Und die können beim Flirten schon ganz hilfreich sein. Aber das ist noch nicht alles. Ich habe mal gelesen, dass Frauen auf *FindHer* fünfmal so viele Nachrichten bekommen wie wir Männer. Und dass 90 % der Frauen erwarten, dass der Mann als erstes schreibt.“

„Wo hast du das gelesen?“

„Keine Ahnung, ist doch jetzt auch egal. Wenn Frauen also fünfmal so viele Nachrichten bekommen wie Männer, muss sich unsere, also deine Nachricht vom üblichen Rest abheben. Das habe ich dir schon im *Lebensstern* gesagt. Erinnerst du dich?“

„Ja, schwach.“

„Also, lass uns noch ein paar Ideen sammeln, damit deine Dates originell, anders und vor allen Dingen erfolgreich werden“, schlug Jochen vor und tippte bei Google „Das perfekte erste Date“ in die Suchmaske ein. Sie lasen über das perfekte erste Date, über den richtigen Ort, passende Gespräche und was man unbedingt vermeiden sollte. Ganz langsam und zaghaft erwachte in Hanfri die Neugierde nach weiteren Versuchen.

„Es ist an der Zeit, dass du dein *FindHer*-Profil selbst übernimmst. Lass uns mal gemeinsam deine Matches anschauen. Erinnerst du dich an die hier?", fragte Jochen seinen Freund und zeigte ihm das Profil von Wanderlust. Sie hatten sich vor ein paar Tagen gematched. „Mit der fangen wir jetzt an. Erinnerst du dich, was ich dir gesagt habe, wie du Profile lesen sollst?"

„Ich glaube schon."

„Also, was schreibst du ihr?"

Hanfri schaute sich ihr Profil an und überlegte.

„Hanfri, das ist doch jetzt echt nicht schwer. Wie lautet ihr Nickname?"

„Wanderlust."

„Genau, sie mag die Natur, wandern und so."

Hanfri überlegte.

„Und?"

„Moment noch, ich denke nach." Hanfri starrte an die Wand, dann schaute er Jochen an: „Weißt du, was ein Double Match ist?"

„Was?"

„Weißt du, was ein Double Match ist?"

„Double Match?", wiederholte Jochen irritiert.

„Ich frage sie, ob sie weiß, was ein Double Match ist. Wir haben uns gematched, erstes Match. Ich mag auch Natur und so, also zweites Match. Sprich Wanderlust und ich haben ein Double Match. Logisch, oder?"

„Mhmmm." Jochen dachte nach. „Du, das könnte sogar funktionieren. Also schreib ihr." Hanfri nahm seinem Freund das Handy ab, tippte die Nachricht ein, sah danach Jochen an: „Ich mach uns jetzt einen Rioja auf und dann schauen wir uns mal wieder Ghostbusters an, okay?" Jochen nickte. Und während sie den Geisterjägern folgten, schrieb Hanfri weiter mit Wanderlust.

„Hey Wanderlust, weißt du, was ein Double Match ist?"
***

„Auch hey, ich habe keine Ahnung. Kläre mich auf!"
***

„Wir haben beide nach links geswitched: erstes Match.
Wir scheinen beide die Natur zu mögen: zweites Match.
Sprich: Wir haben ein Double Match."
***

„Interessante Theorie."
***

„Keine Theorie, sondern eine seltene Besonderheit.
Lass uns das doch bei einem Spaziergang durch den
Volkspark Jungfernheide vertiefen?"
***

„Klingt gut? Wann?"
***

„Morgen. Später Nachmittag. 17.30 Uhr am Wasser-
turm."
***

„Abgemacht. Liebe Grüße, Lisa."
***

„Freue mich. Bis morgen dann. Lieben Gruß Hanfri."

Hanfri war ein wenig früher am Wasserturm und verbrachte die Zeit damit, auf seinem Smartphone ein wenig über die Geschichte des Volksparks zu lesen. Nach dem Tiergarten ist der Volkspark Jungfernheide der zweitgrößte Park Berlins. Ebenso wie der Tiergarten war er einst Jagdgebiet der Preußen, oder so ähnlich. 2011 wurde das Areal zum Unesco Weltkulturerbe ernannt. Es gab hier ein Strandbad, einen großen Kinderspielplatz, einen Streichelzoo und Kletterwald. Ziemlich viele Attraktionen also für einen Stadtpark, dachte Hanfri.

„Na, du Double-Matcher." Hanfri hatte gar nicht bemerkt, dass Lisa vor ihm stand.

„Hi Lisa. Da bist du ja schon."

„Ja, wer hätte das gedacht - der BVG-Bus hatte heute einmal keine Verspätung."

„Jaja, die BVG. Aber so schlimm ist sie nun auch nicht."

„Nur wenn man täglich auf sie angewiesen ist."

„Magst du was trinken?", lenkte Hanfri das Gespräch in eine andere Richtung und zeigte auf den Wasserturm.

„Ja, warum nicht?" In dem historischen Wasserturm gab es einen kleinen Imbiss, einige Bänke und Tische, sowie ein paar rot-weiß gestreifte Liegestühle. Sie holten sich zwei Eistee, suchten freie Liegestühle und machten es sich bequem. Lisa lehnte sich zurück, streckte beide Arme von sich, als wollte sie jeden Sonnenstrahl einfangen.

„Ich liebe den Sommer, das ist und bleibt die besten Jahreszeit." Sie schwärmte weiter vom Sommer in Berlin und dass die Stadt dann am schönsten sei. Hanfri hörte nur so halb zu. Er musterte Lisa. Eigentlich war sie so gar nicht sein Typ. Er hatte ja ein Faible für Brünetten und braune Augen. Lisa hingegen war hellblond und hatte strahlend blaue Augen, aber sie hatte eine so positive und fröhliche Ausstrahlung, die ihm gefiel.

„Oder wie siehst du das?", riss sie Hanfri aus seinen Gedanken.

„Ja, genauso."

„Gut, dann haben wir ja schon wieder was gemein. Ein Tripple-Match sozusagen. Das war übrigens echt ein originelles Anschreiben von dir. Nicht so wie das übliche *Hey, na du* oder *Hey, wie geht's* ist auch ganz schlecht. Da hat Frau schon keine Lust mehr zu schreiben."

„Oh danke, das freut mich", bedankte sich Hanfri und freute sich tatsächlich. „Was meinst du, wollen wir einen kleinen Spaziergang wagen?"

„Warum nicht?"

„Du wanderst also gerne?"

„Ja. Das tue ich in der Tat. Ich bin in den Bergen groß geworden. Ich mag die Ruhe der Natur, das hat so etwas Meditatives. Manchmal vermisse ich die Berge hier in Berlin."

„Es gibt doch den Teufelsberg."

„Hanfri, da, wo ich herkomme, nennt man so etwas wie den Teufelsberg einen Hügel."

„Da, wo ich herkomme, nennen wir sogar 20 Meter hohe Hügel Berge. Und weil es in einem Dorf bei uns davon gleich drei gibt, heißt es Dreibergen."

„Das ist jetzt ein Scherz, oder? 20 Meter hoch? Das ist ein Ameisenhügel." Lisa lachte.

„Im Winter sind wir dort immer Rodeln gegangen und als Kind kam mir das schon ziemlich hoch vor", konterte Hanfri.

„Woher kommst du? Ostfriesland?", prustete Lisa.

„Fast. Was machst du eigentlich so, wenn du nicht wanderst?"

„Ich arbeite im Theater. Ich bin Maskenbildnerin."

„Oh cool, das stelle ich mir spannend vor."

„Na ja, ich male halt Menschen an."

„Du machst die Welt bunter, sieh es doch einmal so."

„So gesehen hast du Recht, Hanfri." Er merkte, dass sie sich geschmeichelt fühlte.

„Du bist also der Arbeit wegen nach Berlin gezogen?"

„Ja, die Theater- und Kunstszene in Berlin ist so unglaublich groß, dass ich die Hoffnung hatte, hier einen Job zu finden. Die Chancen standen zumindest besser als bei mir Zuhause in den Bergen." Hanfri gefiel Lisas leicht ironische Art.

„Und was hat dich nach Berlin getrieben, Hanfri?"

„Ich bin vor drei Jahren wegen meiner Ex hierher gezogen."

„Deiner Ex? Also damals wart ihr noch zusammen?"

„Ja klar, oder denkst du ich sei ein Stalker und bin ihr hinterher gezogen?"

„Man kann ja nie wissen. Und wo arbeitest du?"

„Ich arbeite bei der..." Er machte eine kleine Pause und erinnerte sich an Lisas Bemerkungen über die BVG. „Na ja, ich arbeite bei der BVG."

„Ach du bist es also, der den Busfahrern über Funk durchgibt: *Hallo, lasst euch mal ein bisschen Zeit und rast nicht so. Verspätet euch ruhig, denn an der nächsten Station wartet Lisa, die mal wieder verschlafen hat und dringend zur Arbeit muss.* Schön, dass wir uns mal treffen und ich nun den Übeltäter meiner ständigen Verspätungen kennenlerne. Schade nur, dass er gar nicht so ein Kotzbrocken ist, wie ich ihn mir vorgestellt habe.“

„Na ja, nicht ganz... aber trotzdem danke für das Kompliment mit dem Kotzbrocken. Im Grunde genommen bin ich derjenige, der solch verärgerte Fahrgäste wie dich beruhigt und ihnen nette E-mails schreibt.“

„Dann hast du doch einen wahren Traumjob.“

„Na ja, kann man so nicht unbedingt sagen, aber die BVG hat auch ein paar Vorteile.“

„Mal im Ernst, ist es nicht anstrengend, sich den ganzen Tag nur mit Beschwerden abzugeben?“

„Es hält sich in Grenzen, da ich ausschließlich für das Beantworten von E-mails zuständig bin. Würde ich in der Kunden- oder Telefonzentrale arbeiten, sähe es schon ganz anders aus. Dafür musst du echt abgeklärt sein. Aber lass uns bitte nicht über meine Arbeit reden. Was machst du sonst so?“

„Mhmmm“, Lisa machte eine nachdenkliche Pause „natürlich gehe ich gerne ins Theater oder in die Oper, ich liebe es aber auch, ins Kino zu gehen. Am liebsten in die ganz kleinen Programmkinos, die versteckt in einem Berliner Hinterhof liegen und nur so abgedrehte Filme zeigen. Ich mag aber auch so richtiges Popcornkino.“

„*Star Wars* oder *Star Trek*?“

„Ganz klar *Star Wars*.“

„Geht mir genauso, mit *Star Trek* konnte ich nie recht was anfangen. Die Serie aus den 60er Jahren mit Kirk, Spock und Uhura lassen wir mal außen vor, die ist ja outstanding." Sie unterhielten sich noch eine ganze Weile über ihre Lieblingsfilme und kamen an dem Waldhochseilgarten, dem Kletterwald, vorbei. Zwischen den kräftigen und hohen Bäumen waren Seile, Leitern, Brücken zum Balancieren und Seilbahnen gespannt. Sie blieben kurz stehen und schauten einer Gruppe 10-Jähriger beim Klettern zu. Sie schrien, jubelten und schienen jede Menge Spaß zu haben. Hanfri schaute Lisa an: „Hast du Lust?"

„Was?"

„Na, mit Bergen können wir in Berlin nicht dienen, aber mit einem Kletterwald. Komm, lass uns Tarzan spielen", forderte Hanfri Lisa heraus.

„Warum eigentlich nicht..." Sie kauften sich Tickets, verstauten ihre Wertsachen in den Schließfächern, legten das Gurtzeug an und ließen sich kurz von einem Trainer einweisen. Im Kletterpark gab es verschiedene Schwierigkeitsstufen. In der ersten galt es ein Gefühl für den Parcours zu bekommen und sich mit den Sicherheitsmaßnahmen, beziehungsweise -gurten vertraut zu machen. Je weiter es ging, desto höher ging es auch in die Bäume hinein. Die schwarze und schwierigste Stufe ging bis zu 15 Meter hoch. Sie entscheiden sich mit der leichtesten anzufangen. Sie hangelten sich zwischen Bäumen hin und her, balancierten auf Seilen und wechselten sich ab, wer zuerst dran war. Sie hatten mächtig Spaß und Lisa deckte ihre alberne Seite auf: sie imitierte Tarzan, haute sich wie King Kong auf die Brust und Hanfri ließ sich anstecken. Nach den ersten beiden Schwierigkeitsstufen mussten sie sich mit einem Seil von einem zum anderen Baum schwingen. Lisa schnappte sich das Seil, drehte sich zu Hanfri, schaute ihn mit ernster Miene an: „Ich sehe dich auf der anderen Seite, Ray." Hanfri stockte der Atem. Lisa hatte soeben *Ghostbusters* zitiert! Begeistert schwang er sich hinterher.

„Du magst *Ghostbusters*?"

„Na klar!", erwiderte sie. „Ich habe aufgehört zu zählen, wie oft ich ihn schon gesehen habe."

„Geht mir genauso, nur diese elendigen Fortsetzungen hätten sie sich sparen können." Lisas stimmte zu.

Wenig später geriet sie zwischen zwei Bäumen etwas aus dem Gleichgewicht, Hanfri packte sie am Arm und zog sie zu sich auf den nächsten Baum. Auch als sie schon wieder sicher neben ihm stand, ließ sie seine Hand nicht los.

„Danke, Hanfri, ohne dich hätte ich das nie geschafft." Sie lächelte ihn mit strahlenden Augen an. „Übrigens eine gute Idee von dir, mich hier in die Baumgipfeln zu entführen, wo ich dir nur schwer entkommen kann." Sie zwinkerte ihm zu. Hanfri grinste sichtlich zufrieden zurück. Nach gut zwei Stunden hatten sie schon die vierte Schwierigkeitsstufe geschafft.

Das Finale war eine lange Seilbahn, die einmal quer durch den Kletterwald ging. Lisa ließ Hanfri den Vortritt: „Du zuerst." Hanfri schwang los. Als Lisa den Seilbahnteller in der Hand hatte, ging sie zwei Schritte zurück, nahm so gut es ging Anlauf und stieß sich mit aller Kraft ab. Sie warf ihren Kopf zurück, um windschnittiger zu sein, ihre Haare wehten im Fahrtwind und sie schrie laut vor Freude. Sie raste auf Hanfri zu. Mit viel Schwung und einem Satz landete sie in seinen Armen, umschlang ihn, drückte sich an ihn, hauchte ihm ins Ohr: „Du hast mich ja schon wieder gerettet", und küsste ihn zuerst auf die Wange und dann auf den Mund.

„Die beiden anderen Parcours machen wir beim nächsten Mal. Lass uns noch ein wenig spazieren gehen, Hanfri", schlug sie vor.

Zu zweit liefen sie noch ein wenig durch den Park, unterhielten sich über Gott und die Welt. Am Ausgang mit den beiden Muschelkalkbären wollte Hanfri gerade sein frisches Jungfernheide-Wissen unter Beweis stellen, da unterbrach ihn Lisa: „Ich wohne nicht so weit von hier, am Leopoldplatz. Das Stück kann man laufen. Magst du noch mitkommen?" Und wie er das wollte.

Hanfri betrat das Gebäude der BVG und strahlte über beide Ohren. Man konnte ihm am Gesicht ablesen, dass er letzte Nacht viel Spaß gehabt haben musste. Und den hatte er. Mit Lisa. „Du darfst mit zu mir kommen, aber egal was heute alles passiert, fang nicht gleich mit dem ganzen komplizierten Beziehungskram an, okay?", hatte sie ihm von Anfang an zu verstehen gegeben. Und dann hatten sie ungezwungenen und unkomplizierten Sex. Und er durfte bei Lisa schlafen. Gar keine schlechte Sache, dachte Hanfri, denn gerade fühlte er sich richtig wohl.

„Einen wunderschönen guten Morgen, Andreas", begrüßte er seinen Kollegen fröhlich.

„Bernd ist mal wieder krank", antwortete dieser mürrisch, ohne von seinem Schreibtisch hochzugucken.

„Ach, die paar E-mails schaffen wir auch zu zweit."

„Wenn's nur die E-mails wären. Wir haben eine Memo vom Neumeyer bekommen, dass wir uns Gedanken zur Verbesserung des Beschwerdemanagements machen sollen. Wegen der Präsentation am Freitag. Der erwartet da konkrete Vorschläge. Am liebsten bis gestern." Auch das konnte Hanfris gute Laune nicht schmälern: „Ach, da fällt uns schon was ein!" Andreas schaute seinen optimistischen Kollegen prüfend an, musterte Hanfri von oben bis unten, blieb an dessen strahlenden Gesichtsausdruck hängen und muffelte: „Gute-Laune-Müsli gegessen, oder was ist mit dir los?" Hanfri versuchte vergebens das Lächeln zu unterdrücken, wollte vom Thema ablenken, aber es gelang ihm nicht.

„Verliebt?", setzte Andreas sein Ratespiel weiter fort.

„So ein Quatsch."

„Du hattest Sex?"

„Mhmmm...", Hanfri zögerte ein wenig, „Na ja, so könnte man es auch bezeichnen, wenn man wollte."

„Also Sex."

„Ja."

„Sag' ich doch, du bist verliebt."

„Hey, das eine hängt mit dem anderen nicht unbedingt zusammen", stellte Hanfri klar. Andreas schaute ihn überrascht an und dachte sichtlich nach. Öffnete den Mund, wollte was sagen, dachte nach, schloss den Mund wieder und schaute Hanfri an.

„Also, Hanfri, das hätte ich jetzt nicht von dir gedacht. So hätte ich dich als letztes eingeschätzt. Jeden, wirklich jeden, aber nicht den anständigen, drögen und manchmal langweiligen Hanfri. Den nicht." Hanfri schaute ihn irritiert an: „Wie meinst du das denn jetzt?"

„Du hattest gestern ein *FindHer*-Date und hast es klar gemacht, richtig?"

„Na ja, ganz falsch liegst du nicht. Aber *klar gemacht*, das klingt so..."

„*FindHer*-Date?"

„Ja."

„*FindHer*-Date und Sex gehabt. Wie nennst du das, wenn nicht *klar gemacht*."

„Ja, nein..." Hanfri suchte nach den richtigen Worten, da wurden sie unsanft unterbrochen.

„Na Jungs, habe gehört, ihr seid heute nur zu zweit hier?" Laura stand im Raum und schaute die beiden an. „Also, wenn ihr Hilfe braucht, wir sind heute genügend Leute in meiner Abteilung. Ich kann auf jeden Fall jemanden abstellen und euch helfen lassen." Dann zwinkerte sie ganz kurz und unauffällig in Hanfris Richtung. „Und bei den ganz schwierigen Fällen hilft die Chefin auch gerne persönlich."

„Danke, lieb von dir. Wir versuchen's erst mal selber", antwortete Andreas.

„Kein Problem, das Angebot steht. Wir sehen uns später." Sie drehte sich um und ging.

„Laura ist schon cool. Echt nett von ihr. Und das, obwohl man sie auch Laura Frost nennt", kommentierte Andreas ihr Angebot.

„Laura wie?"

„Laura Frost."

„Noch nie gehört. Wieso das?"

„Na, es haben schon einige versucht, bei ihr zu landen. Sie hat alle eiskalt und direkt abblitzen lassen. Laura Frost halt. Manche behaupten, sie sei lesbisch."

„So ein hübsches Mädchen lesbisch? Das wäre schade drum."

„Würd dich das abhalten?

„Abhalten wovon?"

„Na ja, du weißt schon, sie angraben, obwohl sie lesbisch ist."

„Darüber habe ich noch nie nachgedacht."

„Also nicht."

„Also nicht was?", stellte sich Hanfri dumm.

„Na, du scheinst ja ein richtiger Aufreißer zu sein. Dabei wirkst du immer so unscheinbar."

„Andreas, was wird das hier? Kaum ist Bernd mal nicht da, da quetscht du mich aus wie... ach, ich weiß auch nicht, wie. Und was soll das mit Laura? Soll sie doch lesbisch sein. Mir egal", regte sich Hanfri auf.

„Ist ja schon gut, ist ja schon gut. Nun komm wieder runter. Freut mich ja, dass du gestern deinen Spaß hattest. Können das Thema ja ein anderes Mal ausdiskutieren."

„Ja, können wir, müssen wir aber auch nicht", beendete Hanfri das Gespräch und leitete auf die Arbeit über: „Kümmern wir uns um die Beschwerden." Den restlichen Vormittag arbeiteten sie fleißig sämtliche Beschwerden ab.

Als sie in der Kantine zu Mittag aßen, setzte sich Laura zu ihnen an den Tisch. „Und Jungs, kommt ihr gut voran? Habt ihr euch schon Gedanken für das Mitarbeitertreffen am Freitag gemacht?"

„Ne, noch nicht so richtig", erwiderte Andreas. „Was schwebt dem da eigentlich genau vor? Wir machen doch unsere Sache gut, oder etwa nicht?"

„Das hat ja auch niemand in Frage gestellt. Ich glaube es geht ihm darum, wie wir den Kunden bei ihren ganzen Beschwerden noch ein besseres Gefühl geben können. Klingt total doof, ich weiß, aber anderes kann ich das jetzt auch nicht deuten."

„Den Kunden ein besseres Gefühl geben? Wie übertrieben. Hast du dir schon mal die ganzen Beschwerden durchgelesen, die wir täglich bekommen?", regte sich Andreas auf, während Hanfri total abwesend daneben saß.

„Andreas, do you know, that I am responsible für die facebook page? Weißt du, was da abgeht? Da sind deine Beschwerden fucking peanuts." Immer wenn sich Laura über irgendetwas aufregte, mischte sie Deutsch und Englisch wild durcheinander und fuchtelte mit den Armen.

Andreas schaute sie eingeschüchtert an: „Nein, Laura, so habe ich das jetzt nicht gemeint." Sie blinzelte ihn wild an, schaute rüber zu Hanfri, der sich völlig geistesabwesend die Gabel in den Mund schob.

„Und was sagst du dazu?" Hanfri reagierte nicht.

„Haaaannnffrriiii", rief Laura laut. Hanfri schrak auf.

„Was?"

„Was sagst du dazu? Du musst doch auch eine Meinung haben?"

„Wozu?"

„Hast du uns überhaupt zugehört?" Laura schaute ihn fragend an.

„Oh, ich war wohl gerade mit meinen Gedanken woanders..."

„Hanfri", fragte Laura ganz ruhig und beugte sich zu Hanfri hinüber, „was ist los mit dir? In letzter Zeit bist du...bist du so...gedankenverloren...so...ich weiß auch nicht recht."

„Ehrlich? Ich glaube, das kommt dir nur so vor."

Laura schaute ihn mitfühlend an: „Sitzt er noch tief?"

„Was?" Hanfri schaute verständnislos.

„Der Schmerz?"

„Es geht mir gut."

„Du bist irgendwie anders. Schmerzt es noch sehr?" Da mischte sich Andreas ein: „Laura, du musst wissen, unser Hanfri hier, der..." Weiter kam er nicht.

„Könntet ihr jetzt *mal bitte Ruhe* geben? Es geht mir GUT. Verstanden?!", schnaubte Hanfri, stand auf und verließ den Tisch. Laura und Andreas schauten sich überrascht an.

„Weißt du, was er hat? Ich gehe mal besser mit ihm. Ich wünsche dir noch einen erfolgreichen Tag, Laura."

„Ja, dir auch." Laura stützte den Kopf auf ihre Hände und sprach leise zu sich selbst: „Anyway, something ist anders an Hanfri."

„Soll ich Lisa jetzt schreiben, ja oder nein?" Hanfri schaute Jochen leicht entnervt an. Immerhin stellte er diese Frage schon zum dritten Mal. Sie hatten sich abends verabredet und saßen in Hanfris Wohnzimmer. Jochen kaute noch auf der Pizza rum, die sie sich geholt hatten und zappte wahllos durchs Fernsehprogramm. Hanfri starrte unschlüssig auf sein Handy.

„Mach die Glotze aus und hör mir doch mal zu!"

Jochen schaute auf.

„Was ist los?"

„Soll ich Lisa nun schreiben oder nicht?" Hanfri schnappte sich die Fernbedienung und schaltete den Fernseher aus.

„Jaja, ist ja gut. Also worum geht es?"

„Liiisaaa!" Hanfri wurde ungeduldig.

„Richtig. Übrigens coole Idee von dir mit dem Kletterpark. Wirklich originell." Jochen dachte laut: „Ob du ihr jetzt schreiben sollst?" Pause. Er schaute auf den ausgeschalteten Fernseher. „Gib mir einen Moment, ich denke nach", und schob sich das letzte Stück Pizza rein, „ist nicht so leicht."

„Deswegen frage ich dich ja. Und das nun schon zum fünften Mal."

„Jaja, ich weiß. Was hat sie dir noch mal wegen Beziehung und so gesagt?"

„Ich solle nicht mit dem komplizierten Beziehungskram anfangen."

„Ach ja, richtig. Dann solltest du mit dem Schreiben noch warten.“

„Aber wir hatten Sex.“

„Eben drum, warte noch etwas. Oder hast du dich etwa verliebt?“

„Quatsch, aber es war wirklich nett. Alles. Im Park, das Klettern, der Sex.“ Hanfri machte eine Pause. „Sie riecht gut.“

„Hanfri, warte noch ein bißchen. Entspann dich. Lenk dich ab. Wen hast du denn bei *FindHer* sonst noch so gematched?“ Hanfri zeigte sein Handy: „Zum einen *Me, myself and I*, aber ich finde den Nicknamen echt doof.“

„Weiter.“

„Die hier scheint nett zu sein. Nennt sich *Neuberlinerin* und ist neu in der Stadt.“

„Bingo, die ist es. Hast du ihr schon geschrieben?“

„Nee, noch nicht. Mir fiel noch nichts ein.“

„Lass uns mal überlegen, was fällt uns für das erste Date ein?“

„Soll ich ihr nicht erst einmal irgendetwas Belangloses schreiben und mal schauen, ob sie antwortet?“

„Nein, du solltest schon einen Schritt weiter denken. So kannst du sie direkt auf ein Treffen lenken, verstehst du, wie ich meine?“

„Ich glaube schon. Ich könnte mich als Stadtführer anbieten.“

„Ja, könntest du. Keine schlechte Idee.“

„Wir könnten eine Busfahrt im 100er machen. Da fährt man an allen Sehenswürdigkeiten vorbei. Das habe ich damals mit Bianca an meinem ersten Wochenende auch gemacht." Jochen schaute seinen Freund ernst an: „Und somit ist der 100er Bus aus dem Rennen. Nachher erinnerst du dich während der Busfahrt an Bianca und bekommst wieder deine Depriphase. Lieber nicht sowas tourihaftes."

„Abandoned places vielleicht?" Abandoned places wurden verlassene Orte in Berlin genannt, dazu gehörte der Spreepark, ein stillgelegter Vergnügungspark, ein leerstehendes Krankenhaus oder der Flugplatz Rangsdorf.

„Eigentlich gut, aber die meisten dieser verlassenen Orte sind abgesperrt und werden von Sicherheitsleuten bewacht. Ich wollte mal in diesen alten Vergnügungspark, kam aber nicht sehr weit und wurde sofort abgeführt. Hatte Glück, dass ich mich rausreden konnte und keine Anzeige bekam. Wäre doof, wenn das erste Date auf der Polizeiwache endet, oder? Dann hättest du keine Chance auf Sex."

„Na ja, es muss ja nicht immer auf Sex hinauslaufen, oder?"

„Muss es nicht, Hanfri, aber man sollte es niemals ausschließen. Und eine mögliche Strafanzeige wäre da kontraproduktiv."

„Gut, das leuchtet ein." Hanfri wunderte sich über sich selbst. Plötzlich machte er sich ernsthafte Gedanken, wie er ein Date originell gestalten könnte und es machte ihm Spaß. Und spannend war es auch. Er dachte laut nach: „Es muss irgendwie anders sein. Die Stadtführungsidee gefällt mir ja, aber sie muss origineller sein. Etwas, was die Neuberlinerin nicht erwartet." Jochen schaute seinen Freund überrascht, fast bewundernd an. „Und ich möchte", fuhr Hanfri fort, „ich möchte ihr unterschiedliche Gesichter der Stadt zeigen. Das ist doch das Tolle an Berlin."

„Sehr gut, Kumpel. Zeig mir mal bitte ihr Profil. Verrät sie, in welchem Kiez sie wohnt?“

„Warte mal, ich glaube Schöneberg.“

„Mhmmm, das ist nicht schlecht. Du könntest sie in Schöneberg treffen, beziehungsweise abholen. Wie wäre es vor dem Rathaus? Weißt du, direkt unter dem Balkon, von dem aus Kennedy damals seine bekannte Rede gehalten hat.“

„Und als Erkennungszeichen halte ich ein Schild hoch auf dem *Ick bin ein Berliner* steht.“

„Hanfri“, Jochen sprang auf, hielt ihm ein High-Five hin, „schlag ein, das ist super! Warst du schon einmal im Rathaus Schöneberg?“

„Nö.“

„Da gibt es einen der letzten Paternosteraufzüge in Berlin.“

„Paterwas?“

„Paternosteraufzüge, diese alten Fahrstühle aus dem 19. Jahrhundert, die aus den kleinen Kabinen bestehen und bei denen man während der Fahrt zu- und aussteigen muss.“

„Ach, die Dinger! Aber sind die nicht alle stillgelegt? Da gab es doch so ein Urteil, wegen der Verletzungsgefahr.“

„Papperlapp, da gibt es wieder Ausnahmeregelungen, dass die Benutzung nur für eingewiesenes Personal erlaubt ist und so weiter. Das kontrolliert da aber kein Mensch.“

„Bist du sicher, dass das eine gute Idee ist? Wenn es doch untersagt ist?“

„Hey, ein erhobener Zeigefinger von einer alten Beamtin ist das Schlimmste, was euch passieren könnte. Es gibt angeblich auch noch welche im Auswärtigen Amt, aber da kommt ihr eh nicht rein."

„Ich weiß nicht." Hanfri war sich unsicher.

„Glaubst du irgendjemand anderes käme auf so eine Idee?"

„Nein, auf keinen Fall."

„Also, Rathaus ist gesetzt. Was macht ihr dann? Wie wäre es mit dem Wittenbergplatz?"

„Du meinst die alte U-Bahnstation?"

„Ja genau, da kannst du ihr die Legende über Kaiser Wilhelm erzählen, der vorm U-Bahnfahren Angst hatte und deswegen zur Einweihung seinen Adjutanten schickte. Und wenn die Neuberlinerin so eine Selfie-Fetischistin ist, macht ihr noch ein paar Bilder von ihr. Ich glaube, da gibt es auch noch eine dieser alten Fotokabinen. Da bin ich mir aber nicht sicher."

„Originell ist es schon, aber was machen wir danach? Danach ins KaDeWe oder zur Gedächtniskirche zu gehen, ist ja langweilig."

„Lass uns mal ein wenig googlen. Ich bin mir sicher, uns fallen da noch ein paar schöne Sachen ein", motivierte Jochen Hanfri seinen Rechner hochzufahren und ein wenig zu recherchieren. Hanfri schnappte sich seinen Laptop und fing an bei Google zu suchen. Sie tauschten Ideen aus, fanden neue, verwarfen andere, bis Jochen meinte: „Wir haben nun genügend Ideen. Nun schreibe der Neuberlinerin und lass dir was Gutes einfallen!" Dann lehnte er sich zurück und schaltete den Fernseher ein.

„Hallo Neuberlinerin, ich freue mich, dir mitteilen zu können, dass du soeben eine ganz besondere Stadtführung gewonnen hast."

***

„Habe ich das?
Was verstehst du denn darunter?"

***

„Zumindest keine Busfahrt im 100er."

***

„100er? Ist das der Partybus von Berlin?"

***

„Gott bewahre, nein. Die 100 fährt an allen Sehenswürdigkeiten vorbei. Meine Stadtführung für dich ist eine, die es sonst so nicht gibt."

***

„Klingt interessant."

***

„Morgen um 17 Uhr am Rathaus Schöneberg."

***

„Müsste passen."

***

„Ich warte direkt unter dem Balkon vom Rathaus auf dich. Damit du mich erkennst, halte ich ein Schild hoch mit dem Spruch Ick bin ein Berliner.

***

„Okay, bis morgen dann."

„Mama, was hält denn der Mann da für ein Schild hoch?", fragte ein kleines Mädchen ihre Eltern. Hanfri hatte sich aus einem alten Umzugskarton ein Schild mit Kennedys

bekannten Ausspruch gebastelt, wartete vor dem Schöneberger Rathaus und setzte sich den neugierigen Blicken der
Touristen aus. Die Mutter flüsterte ihrer Tochter etwas ins
Ohr, nahm ihre Hand und sie trabten davon. Hanfri ignorierte es, er wartete auf die Neuberlinerin, deren wirklichen Namen er noch gar nicht kannte. Es hatte ihn ein wenig überrascht, dass es so einfach gewesen war, sich mit
ihr zu verabreden.

„Sag mal, wann hat Kennedy das eigentlich gesagt?",
fragte eine junge Frau Mitte 20. Sie schaute Hanfri erwartungsvoll an. Hanfri würdigte sie mit einem kurzen Blick
und antwortete: „Am 26. Juni 1963 und genau genommen
hat er es in seiner Rede zweimal gesagt." Dann hielt er
weiter nach seinem Date Ausschau.

„Danke", sagte die Unbekannte und fügte lächelnd hinzu: „Das kann ich als Neuberlinerin natürlich nicht wissen." Hanfri schaute sie erstaunt an.

„Ach, hallo." Mehr brachte er nicht heraus. Sie trug
eine leichte Wollmütze aus der braune Locken hervorquol-
len und hatte einen fröhlichen Gesichtsausdruck.

„Hallo", antwortete sie. „Ich bin Melli. Und ich bin seit
genau drei Tagen neu in Berlin."

„Na, dann herzlich willkommen, Melli. Ich bin Hanfri.
Jetzt muss ich nur noch überlegen, wo ich dieses Schild
loswerde."

„Wieso? Stört es dich etwa? Könnte ja sein, dass ich
dich auf unserer Stadtführung verliere und dann finde ich
dich mit dem Schild immer wieder."

„Mhmm", Hanfri dachte kurz nach. „Du könntest Recht haben. Sicher ist sicher. Lust auf eine inoffizielle Führung durch das Rathaus?"

„Warum nicht?"

„Ich bin natürlich bestens vorbereitet und kann dir gerne etwas über Kennedys Besuch erzählen. Will dich aber auch nicht langweilen."

„Ne, leg mal los und wenn du mich langweilst, schreie ich. Einverstanden?"

Hanfri nickte. Sie gingen in die Eingangshalle, dann die imposante Treppe hoch und wieder runter. Und Hanfri erzählte. Dass Kennedys Besuch dem 15. Jubiläum der Berliner Luftbrücke galt, als die Mauer die Stadt gerade mal zwei Jahre trennte. Der Besuch sollte auch symbolisch den Rückhalt der Amerikaner gegenüber Deutschland zeigen und bei seiner Rede auf dem Balkon des Schöneberger Rathauses hätte er all das zusammen gebündelt. Die Rede sei ein Loblied auf Berlin gewesen und den bekannten Satz „Ich bin ein Berliner" habe er geschickt zum Anfang und zum Ende der Rede eingebaut. Melli hörte aufmerksam zu, dann sah sie den Paternosteraufzug.

„Das ist cool, ich hätte nicht gedacht, dass es diese Dinger immer noch gibt. Komm, da müssen wir mitfahren." Sie rannte auf den Aufzug zu, Hanfri hinterher, er lehnte sein Schild neben dem Aufzug an die Wand.

„Was passiert eigentlich, wenn wir im obersten Stock nicht aussteigen?", fragte Melli ihn.

„Ha", Hanfri lächelte schelmisch. „Da gibt es nur einen Weg, das herauszufinden: Probieren wir es aus."

„Und was ist damit?" Sie zeigte auf ein kleines Schild: 'Benutzung nur für autorisiertes Personal'.

„Das ignorieren wir mal. Das steht nur so da."

Sie stiegen in die nächste Kabine und fuhren einige Male hoch und runter. Melli lachte und jauchzte wie ein kleines Kind als sie im Erdgeschoss wieder aus dem Aufzug heraussprangen.

Benutzung des Aufzuges nur für autorisiertes Personal! Ein älterer Herr mit Schnauzer und Gehstock zeigte mit seinem Stock auf das Schild. „Können oder wollen sie nicht lesen?"

„Verzeihung, das haben wir in unserer Begeisterung wohl übersehen." Er schnappte sich sein Schild, Mellis Hand und entschuldigte sich beim Beamten. „Entschuldigen Sie bitte nochmals, wir sind auch schon wieder weg." Sie liefen Hand in Hand Richtung Hauptausgang. Vor der Rathaustür löste Melli ihre Hand aus Hanfris und holte tief Luft: „Das war lustig! Was machen wir nun?"

„Eine Busfahrt."

„Den 100er?"

„Quatsch, viel besser."

Er gab den Weg Richtung Bushaltestelle vor. „Hast du eine Tageskarte?"

„Nein, ich bin zu Fuß hier. Ich wohne ein paar Minuten von hier."

Hanfri löste beim Busfahrer eine Tageskarte für Melli, drückte es ihr in die Hand: „Gut aufheben und willkommen auf deiner persönlichen Stadtrundfahrt." Während der Busfahrt erzählte Melli, dass sie gebürtig aus Hannover käme, in Göttingen studiert hätte und nun zur Jobsuche in

Berlin sei. So richtig verstand Hanfri nicht, was sie genau machte. Kultur, Pädagogik, Literatur? Das war alles ein bisschen viel und sie konnte reden wie ein Wasserfall. Er nickte brav und lächelte. Am Wittenbergplatz stiegen sie aus.

„Ich zeige dir jetzt den schönsten U-Bahnhof Berlins, den Wittenbergplatz." Melli hörte ihm interessiert zu. „Er wurde 1902 als Hochbahnhof eröffnet und nur zehn Jahre später komplett als U-Bahnhof neugebaut. Der Legende nach sollte ursprünglich Kaiser Wilhelm II. 1912 zur Eröffnung und Jungfernfahrt mit der U-Bahn kommen, doch ihm war das Zugfahren unter Tage nicht so recht geheuer."

„So ein Feigling", assistierte Melli.

„Ja, genau", lächelte Hanfri, „deswegen schickte er einen Adjutanten." Sie liefen durch die prunkvolle Eingangshalle, Melli zückte ihr Mobiltelefon und machte ein paar Schnapsschüsse.

„Komm, ich zeig dir die Bahngleise", forderte Hanfri sie auf. Er zeigt ihr das Londoner U-Bahnschild. „Das hat die Londoner U-Bahngesellschaft der BVG zum 50-jährigen Jubiläums vom U-Bahnhof Wittenbergplatz geschenkt." Melli drückte Hanfri ihr Telefon in die Hand: „Komm, mach ein paar Fotos von mir!" Sie warf sich auf einer alten Bank in Pose und hatte sichtlich Spaß.

„Und was kommt als Nächstes?"

„Affen! Komm mit. Wir fahren mit der U2 Richtung Bahnhof Zoo."

„Bahnhof Zoo? Der von Christiane F.?", wollte Melli wissen.

„Ja, genau der."

„Habe ich gelesen. Krasse Geschichte."

„Eigentlich heißt der Bahnhof Zoologischer Garten, aber alle nennen ihn nur Bahnhof Zoo. Frag mich nicht, warum."

„Mach ich nicht. Versprochen. Und jetzt machst du mir den Affen? Oder gehst du mit mir in den Zoo?"

„Weder noch." Hanfri machte ein wenig auf geheimnisvoll. Bis jetzt lief es ja ganz gut und er war gespannt, wie das Date noch weiter verlaufen würde. Melli schien es zumindest zu genießen. Hanfri nahm sie mit ins Bikini Berlin, ein mondänes Shoppingcenter in der Nähe vom Bahnhof Zoo. Im obersten Stock gab es eine Bar mit einer Dachterrasse, von der aus man direkten Blick in das Affengehege des Zoos hatte. Das Wetter war gut und Hanfri hoffte, dass sie Glück hätten und sich einige Affen draußen rumtrieben. Er war hier mal mit Bianca gewesen, mitten im Winter. Frierend hatten sie sich auf die Terrasse gestellt und gewartet. Vergeblich. Auch den Affen war es damals wohl zu kalt gewesen. Dieses Mal war es anders. Es war sommerlicher Sonnenschein, sie holten sich an der Bar einen Drink und schauten ins Affengehege. Dort herrschte ein reges Treiben.

„Machst du das immer so?", fragte Melli und schaute ihn etwas prüfend an.

„Immer so?"

„Na ja, mit deinen *FindHer*-Dates?"

„Ich weiß nicht, was du meinst", gab Hanfri den Unwissenden. „Meine Stadtführung ist übrigens noch nicht zu Ende", versuchte er sie abzulenken.

„Ach so? Was hast du denn jetzt noch in petto?“ Melli wurde neugierig und stellte ihre Frage erst einmal zurück.

„Was hast du bislang vom Wedding gehört?“

„Als ich mich auf Wohnungssuche in Berlin gemacht habe, hat mir jeder von Wedding abgeraten. Es sei trist und trostlos, hohe Kriminalitätsrate, sozialer Brennpunkt.“

„Ja“, lachte Hanfri. „Über den Wedding gibt es viele berechtigte und unberechtigte Vorurteile. Seit über zehn Jahren behaupten die Optimisten vom Kiez stur *Der Wedding kommt.* Aber daran glaubt schon lange niemand mehr. Dennoch, ich zeige dir einen schönen Platz im dubiosen Wedding.“

„Ich bin gespannt.“ Am Bahnhof Zoo stiegen sie in die U-Bahn Richtung Wedding.

„Also, was ist nun? Machst du das öfter? Du bist mir noch eine Antwort schuldig“, hakte sie wieder nach. „Nimmst du jedes Date auf eine Stadtrundfahrt?“

„Nein, nicht jedes Date, nur welche, die neu in Berlin sind.“

„Also schon öfter, richtig?“

„Falsch, du bist meine Premiere.“ Hanfri lächelte sie an. Melli grinste zurück und stupste ihm mit dem Zeigefinger auf die Brust.

„Okay, ich weiß ja nicht, ob ich dir das glauben soll.“

„Ist das denn wichtig?“

„Vielleicht?“

„Also, ich hatte schon zwei, drei Stadtführungen für Freunde, die mich hier besucht haben, gemacht. Aber du bist mein erstes Date, mit dem ich eine mache. Und weißt du, was die beliebteste Frage bei jeder Stadtführung war?“

Bei jeder Stadttour hatten Hanfris Freunde ihn andauernd gefragt: „Sind wir jetzt im Westen oder im Osten?“ Spätestens beim dritten Mal war Hanfri total genervt, immerhin war die Mauer schon vor über einem Vierteljahrhundert gefallen. Die zweithäufigste Frage war übrigens: „Lief hier die Mauer entlang?“

„Mhmm, die beliebteste Frage?“, wiederholte sie langsam. „Lass mich mal überlegen.“ Melli drehte den Kopf zur Seite und kratzte sich demonstrativ am Hinterkopf. „Wurde die Frage einmal oder mehrmals gestellt?“

„Mindestens dreimal.“

Melli überlegte, dann drehte sie sich zu Hanfri: „Was bekomme ich für die richtige Antwort?“

Hanfri überlegte kurz: „Dann lade ich dich zum Essen ein.“

„Hui, das ist ein guter Wetteinsatz. Gib mir noch ein wenig Zeit, aber ich komm schon drauf.“

„Gut, wenn wir unser nächstes Ziel erreicht haben, frage ich dich noch einmal.“ Sie stiegen am Gesundbrunnen aus und Hanfri lotste sie zum nächsten Ziel, dem Flakturm. Von den Überresten eines alten Bunkers des zweiten Weltkrieges hatte man einen herrlichen Blick über das urbane Wedding, den Gesundbrunnen, die Hochbahn und den Volkspark Humboldthain. Melli staunte.

„Verdammt! Hanfri, da hast du dir aber echt eine coole Stadtführung ausgedacht. Was für ein Ausblick!“

„Freut mich, dass es dir gefällt.“ Hanfri lächelte. „Nun zurück zu meiner Frage. Was denkst du? Was ist die beliebteste Frage?“

„Na ja, es gibt ja wohl mehrere Möglichkeiten." Melli zögerte die Antwort noch ein wenig heraus. Schließlich sagte sie: „Ich glaube, die beliebteste Frage ist: Lief hier die Mauer entlang?", Hanfri grinste leicht überlegen, „*Aber*", legte Melli sofort nach, „die *häufigste* Frage, die mindestens dreimal gestellt wurde, ist: *Sind wir jetzt im Osten oder im Westen?*" Sie blickte erwartungsvoll zu Hanfri. Der lächelte sie an: „Glückwunsch. Ich bin beeindruckt und freue mich, dich heute zum Essen einzuladen." Melli hob die Hände in die Höhe und machte eine laut jubelnde Siegerpose wie ein Boxkämpfer nach dem gewonnen Kampf. Sie ging auf Hanfri zu und lachte: „Du hast ja keine Ahnung, wieviel ich essen kann!" Dann erklärte Hanfri ihr noch weitere Sehenswürdigkeiten, die sie vom Flakturm aus sehen konnten. Den Alexanderplatz, Fernseh- und Funkturm, und, und, und. Melli lauschte interessiert und sie merkten überhaupt nicht, wie die Zeit verging.

„Raubtierfütterung."

„Zurück in das Raubtiergehege vom Zoo?"

„Besser, Melli, besser." Hanfri fuhr mit Melli in eine alte Markthalle aus dem 19. Jahrhundert in Neukölln. Wo früher reger Handel betrieben wurde, gab es nun verschiedene Streetfood-Stände. Melli hatte nicht übertrieben, als sie über ihren Appetit sprach. Sie konnte essen wie ein Mähdrescher. Sie unterhielten sich prächtig, alberten ein wenig rum und plötzlich griff Melli nach Hanfris Hand.

„Wie wollen wir unsere Stadtführung enden lassen? Tränenreicher Abschied bis zum nächsten Treffen auf der

Straße, oder…?", fragte Melli und schaute Hanfri tief in die Augen.

„Ich bin für das *oder*."

„Gut", lächelte sie.

„Mein *oder* oder dein *oder*?".

„Deins", antwortete sie entschieden. „Bei mir ist noch alles voller Umzugskartons."

„Großartig, Hanfri. Das sind doch tolle Neuigkeiten!", jubelte Jochen morgens durchs Telefon. Hanfri saß am Frühstückstisch, schlürfte seinen ersten Kaffee und berichtete von den beiden letzten Dates. Zum ersten Mal seit Biancas Auszug hatte eine Frau bei Hanfri übernachtet. Melli hatte sich schon in aller Herrgottsfrühe aus Hanfris Wohnung geschlichen, lediglich ein Kussmund von ihrem Lippenstift auf dem Badezimmerspiegel erinnerte an sie.

„Wird Zeit, dass wir uns mal wieder treffen. Ich lade dich zum Essen ein. Wie hast du heute Abend Zeit?", fragte Jochen.

„Heute Abend? Kann ich noch nicht genau sagen, ob es klappt. Ich melde mich später, okay? Ich muss jetzt los zur Arbeit."

„Okay, mach das." Jochen legte leicht irritiert auf. Es war lange her, dass Hanfri eine Einladung zum Essen ausgeschlagen hatte. Damals hieß der Grund noch Bianca.

Hanfri ging ins Schlafzimmer, zog sein graues T-Shirt aus, warf es in die Ecke, nahm sich ein weißes Oberhemd aus dem Kleiderschrank und streifte sich ein Cordjackett über. Gewöhnlich trug er bei der Arbeit nur ein T-Shirt, aber vielleicht hatte er ja abends noch ein Date? Es schien ja jetzt besser zu laufen und er wollte auf jeden Fall gerüstet sein.

Andreas Laune hatte sich nicht gebessert, als Hanfri ins Büro kam. Bernd war weiterhin krank und in Sachen Verbesserungsvorschläge waren sie noch nicht sehr produktiv gewesen.

„Der Neumeyer geht mir auf die Nerven", beschwerte sich Andreas. „Hast du eine Idee? Und warum hast du dich heute eigentlich so aufgebrezelt?" Hanfri ignorierte die letzte Frage.

„Ich habe auch keine rechte Idee, was wir noch besser machen sollen."

„Guten Morgen, Jungs." Laura stand in der Tür.

„Du kommst wie gerufen, Laura", begrüßte Andreas sie. „Wir überlegen gerade, welche Verbesserungsvorschläge wir dem Neumeyer vorlegen können. Und wir haben keine Ideen."

Laura trat ein. „Na hört mal, das ist doch wirklich nicht schwer."

„Das sagst du so einfach", erwiderte Hanfri.

„Was will der schwarze Peter denn von euch hören?"

„Wenn wir das wüssten, würden Hanfri und mir nicht die Köpfe rauchen."

„Der möchte doch nur das Gefühl haben, dass ihr eure Arbeit gerne macht, euch damit identifiziert und so wei-ter."

„Ja, das haben wir auch schon verstanden. Aber uns fällt einfach nichts ein."

„Schaut", Laura setzte sich auf Bernds Stuhl, nahm sich Zettel und Stift und fing an, etwas aufzuschreiben, „sagt ihm einfach, ihr wollt noch individueller und per-sönlicher auf die Beschwerden der Kunden eingehen. Die Kunden sollen sich mit ihren Beschwerden ernst genom-men und verstanden fühlen."

„Ja, das ist ja wohl klar“, warf Hanfri ein.

„Prima, damit habt ihr es doch schon.“

„Was haben wir?“ Die beiden blickten Laura fragend an.

„Ihr macht keine direkten Verbesserungsvorschläge, sondern wünscht euch ein Seminar zur individuelleren Kundenkommunikation.“

„Aber das ist doch kein Verbesserungsvorschlag.“

„Klar ist es das. Ihr signalisiert ihm damit: Wir wollen besser werden, die Kunden liegen uns am Herzen, blablabla.“ Hanfri fasste sich mit der Hand ans Kinn und dachte nach.

„Das könnte funktionieren, Laura. Die Idee ist gar nicht schlecht.“

„Prima“, freute sich Laura „dann habt ihr jetzt ein Problem weniger. Sehen wir uns zum Mittagessen? Ich muss jetzt mal weiter.“

„Ja klar“, sagten beide wie aus einem Mund.

„Hanfri, kannst du das irgendwie zusammenfassen? Ich kümmere mich derweil um die Beschwerdemails.“

„Einverstanden.

„Laura, du warst uns echt eine große Hilfe. Vielen Dank noch einmal. Hanfri hat deine Idee noch ein wenig ausformuliert.“, bedankte sich Andreas beim Mittagstisch. Laura lächelte und schaute Hanfri an: „Warum hast du dich heute eigentlich so rausgeputzt? Im weißen Hemd und so schick kenne ich dich ja gar nicht. Hast du heute Abend noch was vor?“ Hanfri schaute verlegen nach unten.

„Schick? Na ja, das ist ein wenig übertrieben. Hab halt nur mal ein Hemd an. Hat keinen Grund.“

„Ach so, ich dachte es hätte einen. Schaut aber gut aus." Dann wechselte sie plötzlich das Thema. „Boah Jungs, kennt ihr diese Dating-Apps?" Andreas und Hanfri schraken hoch und gaukelten Unwissenheit vor.

„Wie? Was für Apps?", wunderte sich Hanfri.

„Nee, das ist nichts für mich", konstatierte Andreas.

„Hätte ich euch auch nicht zugetraut. Ich halte da nichts von, aber meine Mitbewohnerin ist da jetzt voll aktiv. Scheinbar ist sie untervögelt, sie schleppt einen Kerl nach dem anderen ab."

„Wer es braucht", murmelte Andreas. Hanfri faltete seine Hände unterm Tisch, um möglichst wenig verräterische Mimik zu zeigen.

„Gott, letzte Nacht hatte sie wieder einen dabei und die haben's so laut getrieben, dass ich schließlich an deren Tür geklopft habe."

„Oh je, du Ärmste. War dann wenigstens Ruhe?", erkundigte sich Hanfri.

„Ja, glücklicherweise schon, aber ihr hättet mal heute morgen ihre Laune erleben müssen. Konnte mir auf nüchternen Magen eine Grundsatzvortrag über soziales Zusammenleben, sexuelle Bedürfnisse und so einen Scheiß anhören. Meine Mitbewohnerin ist dumm wie Brot und denkt echt, dass eine der unzähligen Eroberungen ihr Zukünftiger sein könnte. Ehrlich Jungs, bei diesen Apps sind doch nur notgeile Frauen und Typen. Die suchen doch alle nur das Eine. Auf solche Kerle kann ich verzichten, dann genieße ich lieber einen Abend mit meinen Mädels." Andreas und Hanfri versuchten möglichst mitfühlend dreinzublicken.

„Na ja, also...“, fing Hanfri an, doch Laura unterbrach ihn.

„Hanfri, da geht es nur um Sex. Wie gesagt, auf so eine Art kann ich verzichten. Dann bin ich lieber Single. Aber warum langweile ich euch damit. Ich gehe mal wieder an meinen Schreibtisch.“ Die beiden schauten ihr hinterher und Andreas wandte sich an Hanfri: „Puhhh, das war knapp. Hätte die mitbekommen, dass wir beide bei *Find-Her* sind, hätte sie uns verurteilt und kein Wort mehr mit uns gesprochen.“

„Meinst du echt, sie ist lesbisch?“

„Naja, so abfällig, wie sie sich gerade über Männer geäußert hat...kann schon sein. Wir müssen aber auch zurück an den Schreibtisch.“

Zurück im Büro fragte Andreas Hanfri: „Aber nun verrate mir mal, wie du das bei deinen Dates immer machst? Wie schleppst du sie ab?“

„Ach, das ergibt sich halt so. Wichtig ist, dass das Date gut verläuft“, erklärte Hanfri kennerhaft. Insgeheim war er schon ein bisschen stolz, dass die letzten Dates so erfolgreich verliefen. Die Desaster davor hatte er schon fast verdrängt. „Ich habe festgestellt“, fuhr er seinen kleinen Datingexkurs fort, „dass zuallererst *der Ort* wichtig ist. Triff die Frau nicht in einer Bar, sondern verabrede dich zu einem Spaziergang, einem Museumsbesuch oder was auch immer. Wichtig ist, dass ihr bei eurer Aktivität automatisch Gesprächsstoff habt. Es ist ja nichts schlimmer, als sich schweigend gegenüber zu sitzen, oder?“

„Wem sagst du das? Ich hatte da neulich so ein Date. Das war die Hölle, wir hatten uns in einer Bar verabredet und wir haben uns nur angeschwiegen."

„Ich möchte eine Bar als Datingort grundsätzlich nicht ausschließen, aber dann muss sie echt cool sein. Weißt du, so cool, dass sie ihren Freundinnen davon erzählt." Andreas nickte. „Es ist nur wichtig, dass du sie abholst, oder ihr euch irgendwo trefft. Sprich, geht spazieren, bevor ihr in eine Bar geht. Walk and Talk, wie es so schön heißt." Hanfri kam sich richtig strategisch und clever vor.

„Klingt einleuchtend." Andreas Telefon klingelte, und Hanfri nutzte den Moment, um kurz bei *FindHer* reinzuschauen. Er hatte zwei neue Matches und studierte die Profile.

„Und was machst du, wenn das Gespräch ins Stocken gerät?", unterbrach Andreas ihn.

„Na ja, ich bereite mich ein wenig vor. Was verrät ihr Profil von ihr? Welche Hobbies hat sie? Und so weiter. Wenn du dich mit ihr zum Spazieren triffst, hat es den Vorteil, dass sich die Themen von ganz alleine ergeben. Die Themen liegen quasi auf der Straße." Hanfri konnte gar nicht glauben, dass er das gerade gesagt hatte. Er klang wie ein Datingexperte - dabei sah das vor einigen Tagen noch ganz anders aus.

„Hanfri, ich finde das echt klasse, dass wir uns so offen darüber unterhalten können. Wirklich. Es hat schon was Gutes, dass Bernd krank ist. Apropos Bernd, der hat gerade angerufen. Liebe Grüße und er kommt morgen wieder."

„Nicht dafür, Andreas. Ich bin da ja auch ein Novize."

„Nun untertreibst du aber. Ich finde, du klingst wie ein Experte.“

„Ne, da wäre ich mir nicht so sicher. Ich habe hier übrigens die Ausarbeitung für Neumeyer, wirf mal bitte einen Blick darauf.“ Hanfri reichte ihm ein Stück Papier und Andreas las es aufmerksam durch.

„Ja, ich denke, das können wir so lassen. Schickst du es ihm per Mail?“

„Na klar!“

Hanfri warf einen Blick auf sein Handy. Nachricht von Jochen: *18 Uhr im Steak Royale. Ich warte an der Bar auf dich.* Hanfri verstand sich zwar gut mit seinen beiden Kollegen, aber sie hatten nie über persönliche Dinge gesprochen. Er fand die Unterhaltung über *FindHer* mit Andreas zwar nett, aber irgendwie auch ungewohnt. Und so freute er sich, als es 17 Uhr war und somit Feierabend. Vor dem Hauptausgang traf er Laura. Es hatte zu regnen angefangen und sie trug ihren „Ostfriesennerz“, einen quietschgelben Regenmantel. Hanfri fiel auf, wie gut der ihr stand.

„Ich wünsche dir einen guten Heimweg“, verabschiedete er sich von ihr, als sie ihr Fahrrad aufschloss.

„Hanfri, ich verrate dir was: Ich hasse Regen! Und das sage ich dir als halbe Irin, die quasi im Regen aufgewachsen ist. Na ja, es hilft ja nichts, ich radle jetzt mal nach Kreuzberg. Wundere dich nicht, wenn ich bald krank bin. Bye.“ Sie schwang sich auf ihr Rad und düste durch den Regen. Scheiß Regen, dachte Hanfri, zog sich sein Jackett über den Kopf und rannte zur U-Bahnstation.

Das *Steak Royale* war ein beliebtes Schickimicki-Steakhaus und absolut überteuert. Hier ging jeder hin, der gerne gesehen werden wollte, angeblich sei auch schon manch ein Hollywoodstar hier erblickt worden. All das interessierte Hanfri nicht, das war nicht seine Welt. Jochen saß bereits an der Bar. Der war ja in vieler Hinsicht ein echter Chaot, aber in Sachen Pünktlichkeit kannte Hanfri keinen, der darin so genau war wie sein Freund Jochen.

„Hi.“ Jochen drehte sich um, sah Hanfri im leicht durchnässten Jackett und weißen Hemd. Er stutzte:

„Warst du noch mal zu Hause und hast dich extra in Schale geworfen?“

„Nö, habe ich nicht.“

„Du bist so zur Arbeit gegangen?“

„Ja.“

„Ach -was. Wieso...“ Er verwarf, was er sagen wollte. „Ist ja auch egal, steht dir gut. Bist gleich ein ganz anderer Mensch, solltest du öfter tragen. Was willst denn du trinken?“ Jochen wartete Hanfris Antwort nicht ab und bestellte zwei Glas Champagner. Hanfri verdrehte die Augen: Er wusste, was hier ein Glas Champagner kostete und Jochen las seinen Gesichtsausdruck.

„Hanfri“, er hob sein Glas, „ich freue mich, dass die letzten beiden Dates so gut liefen. Du musst mir alles erzählen, jedes Detail und lass ja nichts aus.“

„Na ja, eigentlich war es ja nicht so spektakulär“, versuchte Hanfri alles ein wenig runterzuspielen.

„Na, hör mal, du hast zweimal hintereinander den Jackpot geknackt. Das nennst du NICHT spektakulär?“

„Vielleicht schon ein bisschen“, lenkte Hanfri ein und schaute verlegen auf den Boden. Der Kellner führte sie an ihren Tisch, Jochen übernahm ungefragt die Bestellung und forderte Hanfri erneut auf, ihm alles zu erzählen. Und das tat Hanfri dann auch. Wenn es nicht detailgenau war, fragte Jochen nach.

„Mensch, Hanfri, ich glaube es kaum! Du hast dich echt gewandelt und du schaust richtig gut aus. Man merkt es dir richtig an!“ Hanfri lächelte.

„Danke, Jochen. Ich überlege die ganze Zeit, ob ich Lisa mal schreibe.“

„Lisa?“

„Ja, Lisa, die Kleine aus dem Kletterwald.“

„Ach so, die Lisa meinst du.“

„Welche denn sonst?“

„Egal, was willst du ihr denn schreiben?“

„Ich weiß nicht. Würde sie ja schon gerne wieder treffen.“

„Und wo ist das Problem, Hanfri? Das Date lief doch toll, ihr hattet doch auch noch Sex!“

„Ja, genau deswegen ja.“

„Das verstehe ich nicht. Möchtest du etwa keinen Sex?“

„JOCHEN“, Hanfri wurde energisch, „willst oder kannst du mich nicht verstehen? Das Problem ist, dass wir quasi ein perfektes Date hatten. Da lief alles rund. Wie soll es denn da beim zweiten werden? Es geht doch nur schlechter. Und dann ist sie enttäuscht. Und was dann? Ganz ehrlich, da verzichte ich lieber auf ein zweites Date und habe drei erste Dates.“

„Ah, so." Jochen dachte sichtlich nach. „Aus diesem Blickwinkel kann ich es natürlich verstehen. Dann müssten wir uns halt ein noch besseres zweites Date überlegen. Auf der anderen Seite...", er hielt kurz inne, „auf der anderen Seite haben drei weitere erste Dates ja auch ihren Charme." Hanfri verdrehte die Augen, Jochen schlug ihm die Hand aufs Knie und prustete los: „Mensch, Hans-Friedrich, hättest du gedacht, dass du jemals solche Datingprobleme wälzen wirst? Wir brauchen noch eine Flasche Wein."

Wenn Jochen guter Laune war, kannte er kein Halten und Hanfri konnte nur schlecht Nein sagen. So bestellte Jochen noch eine Flasche und es wurde ein langer Abend.

Sichtlich verkatert begrüßte Hanfri morgens seine beiden Kollegen: „Einen Guten zusammen. Hey Bernd, schön, dass du wieder da bist."

„Ich wäre lieber zu Hause geblieben, aber ich wollte euch heute nicht alleine lassen. Immerhin ist ja gleich das große Meeting."

„Ach ja, richtig, das hätte ich fast vergessen." Hanfri rieb sich die Augen.

„Na, lange Nacht gehabt?", fragte Andreas zweideutig.

„Nicht das, was du denkst, Andreas. War essen mit einem Freund und es wurde sehr gemütlich."

„So kann man es natürlich auch nennen." Bernd schaute die beiden fragend an.

„Gibt es irgendetwas, was ihr mir erzählen wollt? Habe wohl einiges verpasst."

„Quatsch, das war nur so ein Gerede von Andreas. Wann ist denn das Meeting?", lenkte Hanfri ab.

„Jetzt." Andreas stand schon auf. „Brauchst dich gar nicht erst zu setzen."

Sie gingen zu dritt in den Konferenzraum, die meisten Kollegen waren schon da und die drei suchten sich weiter hinten ihren Platz. Vorne im Raum war ein Podest mit Rednerpult und Leinwand aufgebaut.

Neumeyer betrat das Podest, wie immer schwarz gekleidet. Aber dem Anlass entsprechend trug er heute ein (schwarzes) Oberhemd mit (schwarzer) Krawatte. Er ging zum Rednerpult, klopfte ans Mikro und es pochte aus den Lautsprechern.

„Guten Morgen zusammen." Er räusperte sich theatralisch. „Liebe Kolleginnen, liebe Kollegen! Ich hatte Sie ja bereits alle informiert, heute wird Ihnen unsere PR-Agentur die neue Werbekampagne der BVG präsentieren. Aber erlauben Sie mir bitte, vorerst noch ein paar Worte in persönlicher Sache an Sie zu richten. Die BVG ist eines der wichtigsten Unternehmen unserer Hauptstadt und ein sehr traditionelles dazu."

Es folgte ein Loblied auf die BVG. „Aber wie heißt es so schön: Stillstand ist Rückschritt", leitete Neumeyer zum zweiten Teil seiner Rede über. „Und deswegen haben wir uns vor einigen Jahren entschlossen, uns den neuen sozialen Medien wie Twitter und Facebook nicht zu verschließen, sondern, ganz im Gegenteil, sie mit Leben zu füllen. Als ich dem Aufsichtsrat damals meine Idee hierzu präsentierte, wurde ich kritisch beäugt. Aber...", er machte eine andächtige Pause.

„Aber...." - und dieses „aber" zog er lang, sehr lang und hob die Spannung - „aber ich konnte überzeugen und bei der Zusammenstellung unseres Kreativ-Teams für die neuen Medien hatten wir das richtige Gespür. Wir haben *den Nerv der Zeit* getroffen! Denn eines ist uns allen klar: Auch wir als traditionsreiches Unternehmen dürfen uns den neuen Trends nicht verwehren. Deshalb ist es mir eine große Freude, Ihnen, liebe Kolleginnen und Kollegen, nun mitzuteilen, dass unser Engagement honoriert wurde. Unsere Social-Media-Abteilung und ihre Arbeit in den sozialen Netzwerken wurde mit dem Customer Management

Award deutscher städtischer Unternehmen ausgezeichnet. Ich bitte Sie nun alle um einen großen Applaus für Laura McKinley-Müller und ihr Team, denen dieser Preis und diese Auszeichnung gebührt. Bitte Frau McKinley-Müller, kommen Sie zu mir auf die Bühne." Das komplette Kollegium applaudierte. Hanfri, Andreas, Bernd und viele andere pfiffen vor Begeisterung. Damit hätte keiner gerechnet.

Laura betrat mit ihrem Team die Bühne und nahm von Neumeyer den Preis entgegen. Sie strahlte über beide Ohren. „Frau McKinley-Müller, möchten Sie nicht etwas sagen? Ein paar Dankesworte vielleicht?", fragte Neumeyer ins Mikrofon und zog Laura zu sich ans Rednerpult. Laura zierte sich und brachte nicht mehr als ein leises „Wow, thank you..." heraus.

Neumeyer schob sie beiseite und griff sich wieder allzu gern das Mikrofon: „Nun meine lieben Kolleginnen und Kollegen, wir sind noch nicht am Ende. Wie Sie wissen, bat ich Sie alle in Ihren Abteilungen, sich Gedanken um Verbesserungsvorschläge zu machen. Es ist mir ein persönliches Anliegen, den besten Vorschlag hier vor Ihnen zu honorieren. Ich bitte nun die Kollegen aus der Abteilung Beschwerdemanagement auf die Bühne. Denn diese drei Herren haben sich richtig Gedanken gemacht, wie sie die BVG als Dienstleistungsunternehmen nach vorne bringen können. Applaus bitte für Andreas Meier, Bernd..." ... alle weiteren Namen gingen im Jubel der Kollegen unter.

Hanfri, Andreas und Bernd schauten sich fassungslos an und stolperten zur Bühne. Andreas packte Hanfri am Arm: „Alter, das ist doch jetzt nicht sein Ernst, oder? Wir haben doch gar keine Vorschläge eingereicht. Das ist doch alles auf Lauras Idee gewachsen."

„Kneif mich, ich bin im falschen Film", stammelte Hanfri. Auf der Bühne empfing Neumeyer sie mit offenen Armen, gab ihnen einen gönnerhaften Handschlag mit Schulterklopfen und ging dann wieder ans Mikro.

„Diese drei jungen Herren haben mir mit ihren Ideen gezeigt, dass wir alle immer und immer wieder dazulernen müssen. Und deswegen schicken wir unser Kreativ-Team um Laura McKinley-Müller und unser Team vom Beschwerdemanagement zu einem dreitägigen Workshop von Deutschlands führendem Kommunikationstrainer." Der Saal tobte und Hanfri, Bernd, Andreas und Laura mit ihren beiden Kollegen standen verlegen auf der Bühne.

„Aber damit nicht genug!", ergriff Neumeyer wieder das Wort. „Ich möchte Ihnen *allen* im Namen des gesamten Vorstandes der BVG danken und möchte Sie alle herzlichst zu einem Barbecue im Innenhof einladen, heute Nachmittag ab 16 Uhr. Ich freue mich auf zahlreiches Erscheinen." Es folgte jubelnder Applaus.

Anschließend präsentierte die PR-Agentur der BVG die neue Werbekampagne. Allerdings bekamen Hanfri und seine beiden Kollegen recht wenig davon mit, da sie zahlreiche Glückwünsche der Kollegen entgegennehmen mussten. Fragen der Kollegen, welche Verbesserungsvorschläge sie denn genau gemacht hätten, wichen sie geschickt aus: *„Du, später, lass uns mal kurz zuhören... Ach, was man halt so schreibt... Verschiedenes, du hättest bestimmt das Gleiche geschrieben... Was uns halt so durch den Kopf ging."*

Als sie einen kurzen Moment Ruhe hatten, wandte sich Bernd an Andreas und Hanfri: „Hey ihr beiden, also wenn wir das alles nur Laura zu verdanken haben, dann sollten wir uns gründlich überlegen, wie wir uns bei ihr erkenntlich zeigen."

„Da stimme ich dir voll zu", assistierte Andreas.

„Auf jeden Fall", sagte Hanfri.

„Lasst uns mal wieder zurück ins Büro gehen und unsere Arbeit erledigen. Uns fällt bestimmt was Passendes ein." Bernd ging voran.

„Prost, Jungs!" Bernd hob sein Bierglas und prostete Andreas und Hanfri zu. „Ich muss schon sagen, lumpen lassen sich die da vom Vorstand nicht", bemerkte er. Der sonst triste Innenhof hatte sich zu einem großen Barbecue gewandelt. Es gab einen Bierwagen, eine kleine Wein- und Cocktailbar, zwei Grillstationen und ein Salatbuffet.

„Laura kann einem schon fast Leid tun", meinte Andreas und zeigte auf Laura, die von sämtlichen Vorstandsmitgliedern und Abteilungsleitern umringt war. Sie schüttelte Hände, nahm Belobigungen entgegen und musste Smalltalk führen.

„Mir tut sie leid. Hoffentlich kommt das nicht auch noch auf uns zu. Ich wüsste nicht, was ich sagen sollte", meinte Hanfri.

„Man sieht ihr richtig an, dass es ihr mit den Bonzen da keinen Spaß macht", beurteilte Bernd die Lage.

„Ja, jemand müsste sie retten", fügte Andreas hinzu.

„Stimmt", schloss sich Bernd an.

„Einer von uns sollte das tun", fuhr Andreas fort.

„Immerhin haben wir ihr unsere Auszeichnung zu verdanken", bemerkte Hanfri.

„Ich finde, du solltest das machen, Hanfri", schlug Andreas vor.

„Wer ich? Wieso nicht du, Andreas? Oder Bernd?"

„Ich?", fragte Bernd entrüstet. „Ich bin nicht der Richtige dafür."

„Aber Hanfri ist der Richtige", grinste Andreas und zwinkerte Hanfri zweideutig zu.

„Nee, lasst mal gut sein. Mach du das doch, Andreas."

„Ich? Nene, du weißt doch, dass ich in solchen Sachen nicht so gut bin. Hanfri, du bist unser Mann."

„Ich bin der Mann, der uns jetzt noch eine Runde Bier holt." Er nahm die leeren Gläser und ging zum Bierwagen.

Bernd blickte Andreas fragend an: „Sage mal, habe ich irgendwas verpasst? Was führst du im Schilde?"

„Nichts. Wie kommst denn darauf?", erwiderte Andreas scheinheilig.

„So, wie du Hanfri gerade geschubst hast, Laura aus den Fängen der Bonzen zu befreien. Man könnte meinen, du wolltest sie miteinander verkuppeln."

„Ach was."

„Sage mal, Andreas... Hat Hanfri eigentlich eine Ahnung, dass Laura ihn mag?"

„Nein. Nicht die Spur."

„Sollten wir ihm da nicht mal einen kleinen Hinweis geben?"

„Bist du wahnsinnig? Das würde den ganzen Spaß verderben." Ein diabolisches Lächeln huschte über Andreas Gesicht.

„Spaß?"

„Hanfri denkt, Laura sei lesbisch."

„Bitte was??"

„Er denkt, sie sei lesbisch."

„Du meinst, ihm ist nicht aufgefallen, wie sie ihn immer angelächelt hat? Er hat sich nie gefragt, warum sie immer gleichzeitig mit uns Mittagspause macht und sich zu setzt?“

„Er ist total ahnungslos.“

„Oha.“

Kurz nach seiner Trennung von Bianca ist Hanfris Traurigkeit seinen beiden Kollegen und Laura nicht verborgen geblieben. In einer stillen Minute hatte sie Andreas und Bernd gefragt, was denn mit Hanfri los sei. Von Hanfris Liebesaus betrübt, hatte Laura gemeint, dass es um so einen feinen Kerl wie Hanfri doch echt schade sei. Er gefiele ihr ja schon. Ob es Sinn mache, dass sie ihn ein wenig aufbaue?

„Weißt du, Laura, Hanfri hat zurzeit mit Frauen nichts am Hut“, hatte Andreas ihr erklärt. „Der braucht noch ein wenig Zeit. Aber Bernd und ich könnten dir ja Bescheid geben, wenn wir essen gehen. Du könntest dich dann ganz zufällig zu uns setzen. Vielleicht springt er ja darauf an.“

„Das klingt nach einem guten Plan. Ich kann Hanfris ewiges Trübsal auch nicht ertragen“, hatte auch Bernd dem Plan zugestimmt.

„Diese Woche dachte ich echt, es würde Hanfri auffallen, dass Laura ihn mag. Ich weiß auch nicht wie es kam, aber ich habe einfach mal in den Raum geworfen, sie sei lesbisch.“

„Was hast du? Wieso das denn?“

„Es bot sich so an und ich dachte, damit Hanfris Ehrgeiz zu wecken.“

„Er trauert also immer noch seiner Ex hinterher.“

„Hanfri und hinterhertrauern? Du hast ja keine Ahnung. Hanfri ist ein kleiner Aufreißer und beileibe kein Kind von Traurigkeit. Der hat ein Date nach dem anderen.“

„Männer, euer Bier.“ Hanfri reichte seinen Kollegen ihre vollen Gläser.

„Hanfri, Andreas hat Recht.“

„Womit?“

„Schau mal rüber zu Laura. Man sieht es ihr im Gesicht an, wie genervt sie ist. Los, befreie sie!“

„Fangt ihr schon wieder an?“

„Dein Bier trinken wir. Du holst dir jetzt zwei Gläser Sekt und gehst zu ihr rüber. Wir kommen gleich nach.“, schlug Andreas vor. Bernd nahm Hanfri das Bierglas ab. Hanfri stimmte widerwillig zu: „Ihr lasst eh nicht locker, oder?“ Andreas und Bernd schüttelten ihre Köpfe.

Hanfri holte zwei Gläser Sekt und überlegte, wie er Laura am besten ansprechen sollte. Sie einfach so aus den Gesprächen mit der Führungsriege der BVG zu reißen, war nicht gerade ein leichtes Unterfangen. Wenn es ganz schlimm liefe, würde er auch noch mit in die Gespräche verstrickt werden. Immerhin hatte seine Abteilung ja auch eine Auszeichnung bekommen. Langsam näherte er sich ihr.

„Hanfri, wie schön“, begrüßte ihn Laura strahlend.

„Ich habe dir ein Glas…“, druckste er rum und reichte ihr das Sektglas.

„Das ist ja lieb von dir“, lächelte sie ihn an.

„Entschuldigen Sie bitte, meine Herren, dass ich mit meinem Kollegen kurz anstoße?", fragte sie ihn die Männerrunde.

„Ja, selbstverständlich", meinte einer. „Na, das haben Sie sich doch verdient!", stimmte Neumeyer zu und wandte sich dann an Hanfri. „Wir freuen uns wirklich in einer anspruchsvollen und wichtigen Abteilung wie Ihrer so kompetente und engagierte Mitarbeiter zu haben. Genießen Sie ihren Erfolg."

Laura legte ihren Arm um Hanfris Hüfte und schob ihn beiseite. „Du bist mein Retter, Hanfri", hauchte sie ihm flüsternd ins Ohr.

„Ach, *that's a no-brainer*, Laura", spielte Hanfri seine kleine Rettungsaktion herunter.

„Du kennst no-brainer?", stieß Laura überrascht hervor. „Wie cool ist das denn?"

„Ich hatte Englisch als Leistungskurs und meine Lehrerin hatte jahrelang in England gelebt. In jeder Klausur hatte sie immer eine Extraaufgabe mit deutschen oder englischen Wörtern, die sich nicht in die andere Sprache übersetzen ließen", erklärte er.

„Hast du keine romantischere Erklärung?" Hanfri schaute sie ratlos an und zuckte mit den Schultern. „Egal, eine Minute länger mit den alten Knackern und ich wäre durchgedreht. Diese Auszeichnung zu bekommen ist großartig, sich aber mit denen die ganze Zeit unterhalten zu müssen ist *a motherfucking pain in the ass.*" Hanfri lachte: „Es gibt weder für *motherfucker* noch für *pain in the ass* eine deutsche Übersetzung." Dann hielt er kurz inne, dachte nach. War das jetzt zu neunmalklug von ihm gewesen? „Ich hatte in Englisch eine Eins. Entschuldige, ich wollte nicht so besserwisserisch rüberkommen“, schob er schnell nach.

„Bist du überhaupt nicht.“

„Puhhh, *lucky me*. Also, was ich eigentlich sagen wollte: Andreas, Bernd und ich möchten uns gerne bei dir bedanken.“

„Wofür?“

„Na, für deine Hilfe, erinnerst du dich? Deine Verbesserungsvorschläge.“

„Ach, da nicht für. War doch nur ein kleiner Impuls, den Rest habt ihr schon selbst gemacht.“ Sie schaute an Hanfri vorbei und fragte: „Wo sind die beiden denn?“ Hanfri drehte sich um, er konnte sie nirgends entdecken.

„Das wüsste ich jetzt auch gerne.“

„Egal, dann trinken wir beide einfach noch einen“, entgegnete sie fröhlich. „Hast du Hunger, Hanfri? Ich könnte ein ganzes Wildschwein verschlingen. Lass uns das Buffet stürmen.“

„Gute Idee. Wo sind deine Kollegen denn nun?“

„Ich glaube, die haben sich verdrückt. Wenn es darum geht in den sozialen Medien unterwegs zu sein, sind sie weltklasse. Aber müssen sie mal einmal ein wenig Smalltalk halten, sind sie die ersten, die sich aus dem Staub machen.“

Mit einem weiteren Glas Sekt bewaffnet, bedienten sie sich am Buffet und suchten sich einen freien Stehtisch.

„Was machst du eigentlich sonst so? Hast du die Trennung von deiner Ex endlich verkraftet?“ Hanfri stockte. Eigentlich mochte er Lauras direkte Art, immer alles geradeheraus zu sagen, keine langen Vorreden und so. Aber mit dieser Frage hatte er nicht gerechnet und wusste nicht so recht, was er darauf antworten sollte.

„Wie kommst du darauf?", war alles, was ihm spontan als Antwort einfiel.

„Nun, du hast dich in den letzten Wochen verändert. Also positiv. Du trägst nicht mehr diesen Pseudo-Hipster-Drei-Tage-Bart und verwaschene T-Shirts. Du bist fast jeden Tag frisch rasiert, trägst ordentliche Hemden und manchmal sogar After Shave. Demnach geht es dir endlich wieder besser", schlussfolgerte Laura. Hanfri war überrascht darüber, was ihr alles aufgefallen war.

„Hm, im Grunde genommen schon", sagte er.

„Gehst du aus? Triffst du dich wieder mit Frauen, gibt es eine Neue? Nun erzähl doch mal ein bisschen von dir und lass dir nicht jedes Wort aus der Nase ziehen..."

„Ja...nein...", stotterte Hanfri herum.

„Was denn nun?"

„Es gibt keine Neue."

„Aber du bist nicht abgeneigt?"

„Ähm."

„Hey Hanfri, gratuliere zu eurem Preis. Klasse, freut mich für dich. Für euch auch, Laura", unterbrach sie ein Kollege aus der Buchhaltung.

„Danke", antworteten beide wie aus einem Mund.

„Na dann, viel Spaß noch", wünschte er ihnen und ging weiter.

„Wo waren wir stehen geblieben?"

„Bei dir, Hanfri", erinnerte ihn Laura. „Bist du wieder unter den Lebendigen?"

„Ja, schon irgendwie. Glaube ich zumindest." Hanfri gefiel nicht, welche Richtung ihr Gespräch gerade annahm. Er dachte nach, erinnerte sich an ein Small-Talk-Tutorial, das er mit Jochen auf YouTube gesehen hatte. „Zeige Interesse an deinem Gegenüber, aber behalte du die Kontrolle über das Gespräch." Die Worte hallten durch seinen Kopf.

„Datest du denn schon wieder?" Laura wiederholte ihre Frage. Er wollte ihr weder von seiner Aktivität bei *FindHer*, noch von seinen Dates erzählen. Sie hatte ja erst neulich in der Kantine lautstark erzählt, was sie davon hielt.

„Nee, ich date niemanden. Aber würde ich jemanden kennenlernen, wäre ich nicht abgeneigt. Ich denke, es muss sich halt ergeben und passen. Sowas kann man ja nicht heraufbeschwören", log er ein wenig.

„Das sehe ich genauso. Schön, dass wir da beide ähnlich denken. Es gibt nicht viele Männer, die so denken wie du. Was nicht heißen soll, dass wir Frauen besser sind. Unter uns gibt es auch schwarze Schafe. Ich könnte das nicht so machen wie meine Mitbewohnerin. Die schleppt einen nach dem anderen ab und will nur ein bisschen Spaß haben."

„Nee, das ist auch nicht mein Ding. Was hälst du eigentlich davon, wenn wir uns hier ausklinken und was trinken gehen? Ich kenne da eine nette, kleine Bar. Ich habe hier zwischen all den Kollegen keine rechte Ruhe und fühl mich nicht wohl."

„Gute Idee. Das geht mir genauso." Laura nahm Hanfris Hand und sie verließen das Barbecue. Sie bemerkte nicht, dass sie heimlich von Andreas und Bernd beobachtet wurden. „Siehst du, Bernd, das klappt doch wunderbar mit den beiden." Andreas klopfte Bernd zufrieden auf die Schulter.

„Dein Wort in Gottes Ohr", murmelte Bernd.

Vor dem BVG-Gebäude fragte Laura: „Wo ist denn nun diese kleine, nette Bar?"

„Nicht weit von hier, ungefähr eine Viertelstunde zu Fuß. Oder wir nehmen uns ein Taxi."

„Quatsch, das Wetter ist schön, lass uns laufen. Ich mag Spaziergänge. Wo müssen wir lang?"

„Es gibt zwei Möglichkeiten: Entweder wir gehen die Hauptstraße entlang oder wir gehen durch den Park."

„Park."

„Dauert aber ein wenig länger."

„Hast du es vergessen? Ich bin in Irland aufgewachsen, bei uns ist alles grün. Und Autos gab es bei uns auch keine, als Kind musste ich immer zu Fuß gehen", lachte sie.

„In der Grundschule haben wir beim Wandern immer ein deutsches Kinderlied gesungen...*Das Wandern ist des Müllers Lust.*"

„Ein Kinderlied? Sing es mir mal vor." Hanfri zögerte. Ach, was soll's, dachte er und imitierte eine Wanderpose, als hielte er seinen Wanderstock mit dem Rucksack auf der Schulter und begann im Wanderschritt laut zu singen.

„*Das Wandern ist des Müllers Lust, das Wandern ist des Müllers Lust... Das Waaandern! Das muss ein schlechter Müller sein, dem niemals fiel das Wandern ein... Das Waaandern...*" Laura lachte und stimmte bei „Wandern" ein. Sie streckte sich, ging im Stechschritt und imitierte ebenfalls einen Wanderer.

„Da vorne ist übrigens die Bar. Also eigentlich ist es mehr ein Café", unterbrach Hanfri ihr Gesangspiel und zeigte auf ein kleines Hausboot. Sie suchten sich einen freien Tisch auf Deck.

„Wow, Hanfri, this place ist unglaublich, *smashing*. Warum hast du von einer Bar gesprochen und so maßlos untertrieben? Das ist ein total romantischer Ort. Bist du etwa ein kleiner Romantiker, Hanfri?" Hanfri schaute etwas verunsichert und merkte gar nicht, dass er leicht errötete.

„Wie süß, ich habe dich in Verlegenheit gebracht." Er ignorierte ihren kleinen Seitenhieb und schloss eine Frage an: „Wie lange bist du eigentlich schon in Berlin und was hat dich hierher getrieben?" Laura erzählte, dass sie nach ihrem Studium in London eigentlich nach Hamburg zu ihrem Vater ziehen wollte. Doch schon nach kurzer Zeit merkte sie, dass sie mit der hanseatischen Mentalität so ihre Probleme hatte. Ein Freund riet ihr nach Berlin zu ziehen. Es sei das Mekka von jungen Start-Ups, insbesondere in der kreativen Werbebranche. Wenn sie es in ihrer Branche zu etwas bringen wolle, führe kein Weg an Berlin vorbei.

„Warum heißt das eigentlich Start-Up und nicht einfach Existenzgründer oder junges Unternehmen? Das klingt doch auch nett", fragte Hanfri.

„Richtig. Es klingt nett, aber nicht cool und schon gar nicht hipster", erklärte Laura.

„Oh Mann, ich kann dieses Hipster-Wort nicht mehr hören."

„Das geht mir genauso. Und diese ganzen Start-Ups
können mich mal sonst wo."

„Ach?"

„Ja. Als ich in Berlin ankam, hatte ich einige Interviews.
Hey, ich habe in London in einer der führenden Werbe-
agenturen gearbeitet, mein Studium mit Bachelor abgeschlossen. Und weißt du, was mir diese langbärtigen Hips-
tertypen mit ihren Holzfäller-Karohemden angeboten haben?"

„Nein, erzähl."

„Ich sollte erst einmal sechs Monate *volunteering*, wie
sagt man auf Deutsch?"

„Du meinst ein Praktikum?"

„Ja, genau das und dann auch noch unbezahlt. Was bil-
den die sich eigentlich ein? Ich bin mir sicher, die hatten
noch nicht mal einen großen Auftrag, dafür aber einen Ki-
ckertisch neben der Kaffeemaschine und ein Büro in
Kreuzberg. Woher nehmen die sich eigentlich diese Arro-
ganz? *Those dicks*", schimpfte Laura.

Sie nahm einen großen Schluck Bier, atmete kräftig ein
und erzählte munter weiter. Sie sei dann per Zufall über
eine Anzeige der BVG gestolpert und habe sich beworben.

„Anfangs dachte ich, es sei ein sterbenslangweiliger
Bürojob. Aber immerhin ein gestandenes Unternehmen
und besser als so ein Pseudo-Hipster-Start-Up-Praktikum
zu machen. Und wie bist du nach Berlin gekommen?" Dann
erzählte Hanfri seine Geschichte, warum er bei der BVG
gelandet ist und wie Bianca ihn verlassen hatte. Eigentlich
erzählte Hanfri ihr fast alles. Fast, denn seinen besten
Freund Jochen und *FindHer* erwähnte er nicht. Sie redeten

und redeten, stellten fest, dass sie viele Gemeinsamkeiten hatten, die gleiche Musik mochten, über dieselben Witze lachten und bemerkten gar nicht, wie es allmählich dunkel und die Tische um sie herum immer leerer wurden.

„Wir schließen dann jetzt, will Kasse machen“, unterbrach sie der Kellner.

„Was, jetzt schon?“, fragte Hanfri.

„Ja, jetzt schon, ist immerhin elf Uhr durch.“

„Was, echt?“, wunderte sich auch Laura. „Hanfri, die Zeit mit dir ging jetzt aber schnell um.“

„Wo musst du lang?“, fragte Hanfri, als sie das Schiff verließen.

„Ich nehme den Bus nach Mitte, der fährt direkt bis vor meine Haustür.“

„Fein, ich nehme die S-Bahn, aber ich bringe dich noch zur Bushaltestelle.“

„Du bist ja ein richtiger Gentleman. Selten heutzutage“, schwärmte sie und hakte sich bei Hanfri ein. An der Bushaltestelle drehte sich Laura zu Hanfri und kam ihm plötzlich sehr nah: „Hanfri, das war heute ein schöner, spontaner Abend mit dir. Ich habe ihn sehr genossen und danke dir für die Einladung.“

„Ja, das fand ich auch, es war wirklich lustig. Ich glaube, da kommt dein Bus.“

„Richtig.“ Laura streckte sich, stellte sich ein wenig auf ihre Zehenspitzen, legte ihre Arme um Hanfris Hals, näherte sich seinem Ohr und hauchte ihm ein leises „Wiederholen wir das bald einmal...?“ zu.

„Ja, gerne“, stammelte Hanfri überrumpelt. Als sich Laura lösen wollte, rutschte sie ab und küsste Hanfri in den Mundwinkel. Dann sprang sie in den Bus und warf ihm zum Abschied noch eine Kusshand zu.

Hanfri schaute dem Bus hinterher. Eigentlich schade, dass Laura lesbisch ist, dachte er. Könnte er sich seine Traumfrau zusammenbauen, wäre zwar immer noch etwas von Bianca drin, aber auch eine ordentliche Portion Laura.

Hanfri schenkte sich seinen ersten Kaffee ein. Er dachte kurz über den letzen Abend nach. Es war mit Laura wirklich schön gewesen. Aber Laura eine Lesbe? Sie war ja so kumpelhaft und ihr derber Humor hatte schon was maskulines. Besser, er bewertete den Abschiedskuss nicht über, sondern lediglich als eine nette Geste.

Er nahm sein Handy und stöberte durch seine Matches bei *FindHer*. Bei der *BerlinerBlume* blieb er hängen.
Sie hatte recht freizügige Bilder in ihrem Profil, im Bikini am Strand, in Hotpants im Park und Zuhause im weißem Tanktop. Sie wohnte in Berlin Mitte, vertrat die Meinung, der Mann müsse beim ersten Date zahlen und sie suchte „Gegner" und keine „Opfer". Ganz schön offenherzig und sehr eindeutig, da weiß man ja sofort, wie das Date endet, dachte sich Hanfri. Die schreibe ich mal an. Den Spaß mache ich mir. Was habe ich schon zu verlieren?

„In China gibt es ein Sprichwort: Wer den Gegner und sich selber kennt, wird in hundert Schlachten siegreich bleiben. "
*****

„Du kennst deinen Gegner ja noch gar nicht. "
*****

„Ich wünsche, dass sich das ändert. "
*****

„Dominant bist du auch noch?"

„Finde es heraus!"
***

„Bist du immer so direkt?"
***

„Wenn ich weiß, was ich will: Ja."
***

„Und was willst du?"
***

„Ich bin ein Mann der Taten, nicht der großen Worte."
***

„Was möchtest du mir damit sagen?"
***

„Ich fordere dich zum Duell heraus."
***

„Wann?"
***

„Heute Abend."

Das muss für's Erste reichen, sagte sich Hanfri, legte sein Handy beiseite und machte sich auf den Weg zur BVG.

„Guten Morgen, Hanfri, na, hattest du gestern noch einen schönen Abend?", begrüßte ihn Bernd.

„Morgen! Ja, danke, war nett."

„Ich meine, hattest du *einen schönen Abend*, Hanfri?"

„Habe ich doch schon gesagt. Ja."

„Also war er sehr nett?"

„Was willst du denn von mir?", antwortete Hanfri leicht genervt.

„Du wurdest gesehen, als du das Barbecue verlassen hast.“

„Na und?“

„Arm in Arm mit Laura.“

„Wir verstehen uns halt gut. Außerdem ist sie eh lesbisch. Also kein Anlass für irgendwelche Vermutungen.“

„Laura ist lesbisch?“

„Ja, ich denke schon.“

„Morgen, Männer.“ Andreas kam ins Büro „Und alles gut? Bei dir auch, Hanfri?“

„Andreas, gut, dass du kommst. Ist die Laura lesbisch?“ Bernd schaute ihn prüfend an.

„Na klar ist sie das“, antwortete Andreas mit einem kurzen, schadenfrohen Lächeln. Doch Hanfri bemerkte es nicht. „Ich gehe uns mal einen Kaffe holen“, schlug Bernd kopfschüttelnd vor und ging zur Kaffeeküche. Andreas machte es sich an seinem Schreibtisch bequem.

„Hey Andreas, ich brauche mal deine Hilfe.“

„Immer! Wobei?“

„Ich habe heute Abend ein *FindHer*-Date und suche noch was Passendes in Mitte.“

„Schon wieder ein Date, wow, du lässt aber auch gar nichts anbrennen, oder?“

„Mann soll das Eisen schmieden, solange es heiß ist. Nein, im Ernst, das Profil hier sagt alles. Die will nur das Eine. Deswegen brauche ich ne coole Bar oder sowas, damit alles glatt läuft.“

„Na, in Mitte gibt es ja einiges. Weißt du denn, worauf die Dame steht? Eher was dunkles, ruhiges oder eher eine fancige Cocktailbar?“

„Ich habe keine Ahnung."

„Mhmm", Andreas überlegte „das macht es nun nicht gerade einfacher. Habt ihr schon einen Treffpunkt ausgemacht?"

„Nein."

„Dann triff dich doch mit ihr bei den Hackeschen Höfen, da gibt es eine Vielzahl an Bars, Kneipen und Restaurants."

„Gute Idee, danke." Hanfri schnappte sich sein Handy, BerlinerBlume hatte ihm bereits mehrere Nachrichten geschrieben.

„Heute Abend passt. Wann?"
„Noch da oder ist das jetzt ein Spiel von dir?"
„Wir sind ja nicht zum Spielen hier, oder?"
*****

„Hey, ich war bis gerade offline. 18 Uhr am Haupteingang zu den Hackeschen Höfen."
*****

„Einverstanden."

„Mahlzeit, die Herren." Laura stand an ihrem Tisch in der Kantine und wedelte mit einem großen Umschlag in ihrer Hand. Die drei begrüßten Laura, die sich direkt neben Hanfri setzte, legte ganz kurz ihren Arm um ihn: „Hey Hanfri, bist du gestern gut nach Hause gekommen?"

„Ja, danke. Du auch?"

„Bestens, Hanfri. Jungs, ich war gerade beim Neumeyer und ratet mal, was ich hier in meiner Hand halte!"

„Keine Ahnung, aber du wirst es uns ja gleich sagen, oder?", verweigerte Andreas das Ratespiel.

„Ihr erratet es eh nicht. Ich habe hier die Infobroschüre zu unserem Workshop. Das müsst ihr euch anschauen, wirklich eine schräge Nummer." Sie zog die Broschüre aus dem Umschlag. „Wenn ihr das lest, glaubt ihr nicht, dass wir bei der spießigen BVG arbeiten."

„Nun spann uns nicht auf die Folter und erzähl", forderte Bernd sie auf.

„Haltet euch fest, wir gehen zusammen zu einem Kommunikationsworkshop, aber nicht so ein langweiliges Vortragsding, nein, sondern sowas ganz Neues."

„Und das heißt?", hakte Hanfri nach.

„Das ist einer dieser interaktiven Survival-Workshops!"

„Hä, was für ein Ding?", fragte Andreas.

„Wir fahren für drei Tage ins Erzgebirge, werden unter freiem Himmel übernachten, lernen, wie man selber Feuer macht und so weiter. Es ist ein Survival-Trainer dabei, der uns zeigt, wie man in der Wildnis überleben kann."

„Wenn man das Erzgebirge Wildnis nennen kann...", warf Bernd ein.

„Pscht, lass sie weiter erzählen", wies ihn Hanfri zurecht.

„Also", fuhr Laura fort, „dann sind noch zwei Persönlichkeitstrainer dabei, die in unzähligen Gesprächen, alleine und in der Gruppe, unsere Sensibilität bei perfekter Kommunikation steigern sollen. Die schreiben hier, es sei nicht nur ein einfacher Workshop, sondern *eine Erfahrung, die unser Leben verändern würde.*"

„Oh mein Gott." Andreas schlug die Hände vor den Kopf. „Das kann auch nur dem Neumeyer einfallen."

„Ach Quatsch, Jungs, das wird ein höllischer Spaß! Was haltet ihr davon, wenn wir heute Abend mit meinen Kollegen was trinken gehen? Als kleiner Vorgeschmack sozusagen, damit wir uns besser kennenlernen." Die drei schauten sich etwas ratlos an.

„Ich bin da raus, ich habe heute Abend…" Hanfri hielt inne, fast hätte er sich vor Laura verplappert, dass er ein *FindHer*-Date hatte.

„Was hast du heute Abend?", fragte sie auch schon nach. Hanfri druckste rum.

„Hanfri hat heute Abend…", mischte sich Andreas ein.

„Hanfri hat heute Abend eine Verabredung", unterbrach Hanfri seinen Kollegen. „Ein alter Schulfreund ist in der Stadt und wir sind verabredet."

„Für einen Schulfreund gibst du uns einen Korb?", stichelte Andreas.

„Hanfri wird schon wissen, was ihm wichtig ist. Wir können ja auch an einem anderen Abend gemeinsam was trinken gehen", nahm Laura Hanfri in Schutz. Er fühlte sich gleich ein wenig schlecht. „So und jetzt muss ich los. Ich möchte noch meinen Kollegen von unserem tollen Preis berichten. Ich mit sechs Männern im Erzgebirge, ob ich das überleben werde? Nur mit lauter Männern?", witzelte sie und ging.

„BerlinerBlume?", sprach Hanfri die hübsche Brünette an. Sie drehte sich blitzschnell um und rief: „Hanfri?!"

„Ja?", erwiderte er leicht verunsichert.

„Hi, ich bin Jasmin, aber nenne mich einfach Jazzy." Jazzy war noch hübscher als auf ihren Fotos. Locker 1,75m groß, braune lange Haare, dunkle Augen. Sie trug eine schwarze enge Hose, ein weißes Tanktop und - welch eine Überraschung - keinen BH darunter.

„Worauf hast du Lust? Es gibt hier in der Ecke ein paar gute Bars."

„Ich weiß, ich wohne ein paar Straßen weiter."

„Oh, dann befürchte ich fast, dass ich dich mit meinen Geheimtipps kaum überraschen kann", zweifelte Hanfri.

„Nein, das kannst du wahrscheinlich nicht, aber du kannst mich zum Essen einladen. Ich kenne ein kleines, gemütliches, italienisches Restaurant, das ist ganz in der Nähe." Ihre kecke Art erinnerte ihn ein wenig an Jule im Waldorf Astoria. Jazzy wartete Hanfris Antwort gar nicht erst ab, hakte sich bei ihm ein und übernahm die Führung.

„Ich mag diesen Kiez hier, das ist für mich Berlin." Jazzy übernahm auch beim Gespräch gleich die Dominanz.

„Ich sehe Mitte eher als einen Baustein von Berlin", ging Hanfri auf ihren Smalltalk ein.

„Baustein? "

„Berlin hat so viele Gesichter, Stadtteile, unterschiedliche Bevölkerungsgruppen, verschiedene Kulturen, und, und, und. Alles in allem, das ergibt für mich Berlin."

„Mhmm", Jazzy streckte nachdenklich ihre Nase in die Luft. „Also ich sehe das komplett anders. Heute spricht jeder von Mitte. Alle, *wirklich alle*, die mich fragen, wo ich denn in Berlin wohne, sagen das Gleiche, wenn ich erzähle, dass ich in Mitte wohne. Und weißt du, was sie sagen, Hanfri?" Sie schaute ihn fordernd an.

„Nein, was sagen die denn?", fragte Hanfri zurück, seufzte innerlich und dachte, dass er bei diesem Date wohl nicht allzu sehr auf eine intellektuelle Konversation hoffen durfte.

„Sie sagen, *wow du wohnst wirklich im hippsten Bezirk von Berlin.* Und wenn das alle, wirklich alle sagen, dann ist Mitte also Berlin. Zumindest symbolisch gesehen." Jazzy lächelte zufrieden.

„Na ja, so kann man das natürlich auch sehen..."

„Schau, da ist schon unser Restaurant", unterbrach Jazzy ihn und steuerte auf den Eingang zu.

„Ich finde, es gehört sich so, dass der Mann bezahlt", warf Jazzy unvermittelt ein neues Gesprächsthema in den Raum, als sie im Restaurant die Speisekarten studierten. Hanfri war unsicher, was er darauf erwidern sollte. In Frage stellen konnte er ihren Standpunkt ja schlecht, dann hätte er sich ja gar nicht mit ihr treffen müssen. „Also ich finde die alten klassischen Gentleman-Regeln super", fuhr Jazzy unbeirrt fort, sie war gar nicht an Hanfris Meinung interessiert. „Meine Mutter sagte immer: Kind, such dir einen Mann mit Anstand, der weiß, wie man eine Frau behandelt. Sowas würde immer seltener werden, meinte sie. Weißt du, Hanfri, dazu gehört auch, dass der Mann für die Frau sorgt, damit sie es gut hat. Siehst du das etwa anders?"

Hanfri dachte einen Moment darüber nach, seine ehrliche Meinung zu diesem Thema abzugeben. Doch es erschien ihm zu anstrengend, darauf ernsthaft einzugehen.

„Ich bin zwar für die Emanzipation der Frau, aber ich denke, dass du da schon voll Recht hast. Es liegt ja auch in der Natur des Mannes für das Wohl der Familie zu sorgen." Er konnte es nicht fassen, dass er soeben derartigen Unsinn von sich gegeben hatte.

Jazzys Augen blitzten auf, sie fasste für einen Moment Hanfris Hand: „Ach, Hanfri, es gibt ganz wenige Männer, die so denken wie du. Die so wie du das Leben verstanden haben." Er schaute sie ungläubig an.

„Ja, wirklich. Ich treffe wirklich viele interessante Männer, aber du glaubst gar nicht, was die manchmal für Vorstellungen haben." Sie schüttelte verständnislos den Kopf.

„Ich verlange wirklich nicht viel. Aber, wenn ich genau das bekomme, was ich verdiene, dann bin ich bereit, mich dem Mann ganz hinzugeben." Hanfri traute seinen Ohren kaum, er hatte keine Idee, wie dieses Date enden würde. Nur eines war ihm klar: länger konnte und wollte er sich so oberflächlich nicht unterhalten. Am liebsten wäre er aufgestanden und hätte Jazzy sitzen lassen, so wie Simone aka Großstadtperle83 das mit ihm vor ein paar Wochen gemacht hatte. Das kann ich nicht bringen, dachte er sich. Was würde Jochen jetzt machen? Würde er es darauf ankommen lassen und alles daran setzen, die Kleine abzuschleppen? Wahrscheinlich, aber wollte er das auch? Hübsch war sie ja. Hanfri war in Gedanken, er wägte sämtliche Varianten ab, wie der Abend verlaufen könnte. Er sah Jazzy an, ihre Lippen bewegten sich, aber er hörte ihr nicht zu. Es gab nur eine einzige Lösung für ihn.

„...und deswegen mag ich die Rotweine aus der Toskana so gerne." Er hörte noch ihren letzten Halbsatz und nickte.

„Entschuldige, Jazzy, ich gehe mir mal kurz die Hände waschen. Wo muss ich lang?"

„Die Toiletten? Die sind da drüben", erklärte sie und zeigte auf die Tür zum Innenhof. „Du musst durch die Tür und dann über den Innenhof. Viel Spaß."

Hanfri steuerte die Tür zum Innenhof an, er zog sein Handy aus der Hosentasche und rief Jochen an.

„Hanfri, gerade habe ich an dich gedacht. Wie geht es dir?"

„Geht so, ich brauche deinen Rat."

„Na klar."

„Ich bin gerade auf einem Date und die Kleine ist dumm wie Stroh."

„Zuschlagen, Hanfri."

„Jochen, hast du nicht gehört? Die Kleine ist ..."

„...dumm wie Stroh. Habe ich gehört. Schlag zu, Hanfri: DFG. Dumm fickt gut. Das hast du aber schon mal gehört."

„Halte ich für ein Gerücht."

„Glaube mir, ist es nicht."

„Jochen", Hanfri holte entnervt Luft, „kannst du mir bitte einen vernünftigen Rat geben, was ich machen soll?"

„Wo seid ihr?"

„In so einem italienischen Restaurant in Mitte."

„Wer zahlt?"

„Na, ich."

„Habt ihr schon darüber gesprochen?"

„Klar, und es stand auch in ihrem Profil, dass sie erwartet, dass ich zahle."

„Hanfri, da gibt es jetzt nur noch eins. Spiel das Spiel mit und mach' sie heute Abend klar. Sieh es als Übung an."

„Jochen!", brüllte Hanfri ins Telefon hinein „Du bist mir echt keine Hilfe." Er legte auf, stellte sein Handy auf den Flugmodus und ging zurück ins Restaurant. Hanfri war wild entschlossen, diesem Abend ein Ende zu bereiten.

„Hanfri, da bist du ja wieder. Ich hatte schon befürchtet, du wärst verschwunden. Aber dann sah ich, dass ja deine Jacke hier noch hängt. Kann also nicht sein, dass der Hanfri einfach weg ist, dachte ich mir dann." Jazzy strahlte ihn freudig an. „Schau mal", sie schwenkte stolz ihr Weinglas, „ich habe uns schon mal eine Flasche Wein bestellt." Hanfri erschrak.

„Du hast was?"

„Na, ich habe uns einen Wein bestellt. Du glaubst es kaum, die haben hier meinen Lieblingswein auf der Karte." Sie hielt ihm die Flasche unter die Nase: Tignanello. Die kostete mindestens 150 €. Hanfri wurde blass. Damit war sein Plan, das Date zu beenden, endgültig zunichte gemacht.

„Super", versuchte Hanfri ihre Begeisterung zu teilen. „Wirklich ein teu..., ähm, toller Wein."

„Komm, wir stoßen auf das Leben an", forderte sie ihn auf. Hanfri blieb nichts anderes übrig, als mitzuspielen. Konnte er jetzt noch gehen? Den Wein einpacken? Warum musste er immer nur so verdammt höflich sein? Vielleicht sollte er doch Jochens Ratschlag befolgen? Hübsch war sie ja schon, wenn sie nur nicht die ganze Zeit reden würde...

„Und bist du schon lange in Berlin?", versuchte Hanfri das Gespräch unter seine Kontrolle zu bekommen. Doch es sollte ihm nicht gelingen, denn Jazzy erzählte nun ihre ganze Lebensgeschichte, dass sie aus Mecklenburg-Vorpommern käme und eine Ausbildung zur Kosmetikerin gemacht habe.

„Nach der Schule habe ich mich gefragt, was ich gerne tun würde."

Hanfri schaute sie neugierig an: „Und?"

„Na, gut aussehen", erwiderte sie bitterernst und fügte hinzu: „Immer und überall. Wer kennt sich da besser aus als eine Kosmetikerin?" Sie schaute ihn fragend an und erwartete wohl seine Zustimmung.

„Also, Jazzy, ich...", er machte eine kurze Pause und überlegte. Jochens Worte rasten ihm durch den Kopf und seine Neugierde, ob das fürchterliche Klischee „DFG" nun tatsächlich stimme, war leider geweckt. Er räusperte sich und begann erneut.

„Also, Jazzy, mal ganz im Ernst. Du bist eine beeindruckende Frau. Wirklich." Er warf ihr ein Lächeln zu. „Weißt du, Männer mögen es, wenn Frauen gut aussehen und du...", sie sah ihn neugierig an, „und du... Du hast genau das verstanden. Jazzy, ehrlich, ich finde dich toll." Was dann geschah, ging so schnell, dass Hanfri es nicht begreifen konnte. In Windeseile saß Jazzy halb auf seinem Schoß, hatte ihre Arme fest um seinen Hals geschlungen und küsste ihn innig. Hanfri war überrumpelt, er spürte ihren festen Busen an seiner Brust, erwiderte ihren Kuss. Ihre Zunge spielte an seiner, ihre Hände wuschelten durch seine Haare und seine Hose begann im Schritt zu spannen. Jazzy ließ ihn los und schaute ihm tief in die Augen.

„Puhhhh", entfuhr es Hanfri. „Das nenne ich einen Kuss." Sie lächelte und ihr Mund näherte sich seinem Ohr, sie knabberte an seinem Ohrläppchen. Mit einem Auge schaute sich Hanfri um, ob die anderen Gäste ihr Treiben mitbekamen. Jazzys Hand wanderte in seinen Schritt und sie hauchte ihm ins Ohr: „Hanfri, lass uns das Dessert bei mir zu Hause genießen."

„Und der Wein?", stammelte Hanfri.

„Den nehmen wir mit." Sie winkte den Kellner herbei. Déjà-vu. Irgendwie kam ihm das gerade alles sehr bekannt vor.

„Bringen Sie uns bitte die Rechnung? Und den Wein möchten wir gerne mitnehmen", bat sie den Ober. Dieser nickte und ging leicht kopfschüttelnd die Rechnung zu holen. Hanfri errötete. Was der Kellner wohl von ihnen dachte?

Mit den Worten „Macht 180 €" präsentierte er ihnen die Rechnung. Hanfri schluckte, kramte seine Kreditkarte raus, holte tief Luft und sagte: „Machen Sie bitte 200."

„Du bist aber großzügig, Hanfri", lobte Jazzy Hanfri und küsste ihn auf die Wange.

„Gute zehn Prozent. Gehört sich ja so", erwiderte er leicht geschmeichelt. Jazzy steckte die verkorkte Weinflasche in ihre Handtasche.

„Auf, Hanfri, gehen wir. Sonst wird das Dessert kalt." Sie lachte verführerisch. „Du musst wissen, es ist sehr heiß. Du könntest dir deine Finger daran verbrennen."

„Wie spricht man das eigentlich genau aus?" Jazzy kramte die Weinflasche aus der Handtasche und zog mit den Zähnen den Korken heraus. „Tiknallo?"

„Nein, man spricht es Tinjanello aus", korrigierte Hanfri sie. „Marchesi Antinori aus der Toskana hat ihn Anfang der 1970er Jahre zum ersten Mal kreiert und damit den Begriff Supertuscan geschaffen. Einen modernen Rotwein, der auf..." Hanfri stockte, blickte Jazzy an, „...aber ich will dich nicht langweilen."

„Hanfri, du kennst dich mit Wein aus? Wow!"

„Na ja, so ein bisschen."

Sie hakte sich bei ihm ein: „Aus der Flasche schmeckt er doch am Besten, oder findest du nicht?", und setzte die Flasche an ihren Mund. „Willst du auch einen Schluck, Hanfri?" Sie hielt ihm die Flasche hin. Schweren Herzens streckte Hanfri seine Hand nach der Flasche aus. Er hasste es, Wein aus der Flasche zu trinken. Er wollte gerade nach der Flasche greifen, da zog Jazzy sie zurück und nahm selbst einen großen Schluck. Sie behielt den Wein im Mund, drehte sich zu Hanfri und drückte ihm mit einem Kuss den Wein in seinen Mund. Er spürte den warmen Tropfen am Gaumen und wie ihre Zunge seine umspielte. Es machte ihn geil und er versuchte sich auszumalen, was diese Nacht noch alles passieren würde.

„So schmeckt er doch einfach am besten, der *Tiknallo*. Nicht wahr?" Jazzy leckte sich mit der Zunge über ihre

Lippen und lächelte zufrieden. Sie ging voran und lotste Hanfri in einen Hinterhof.

„Hier wohne ich." Sie zeigte auf die Haustür im Seitenflügel und suchte in ihrer Handtasche nach dem Schlüssel. Hanfri küsste sie von hinten sanft in den Nacken und seine Hände umarmten sie. Langsam ließ er sie von ihrem Bauch zu ihrem Busen wandern. Er spürte ihre feste Brust. Jazzy drehte sich um: „Nicht so stürmisch, du bekommst doch gleich dein Dessert." Sie löste sich aus Hanfris Umarmung und sprang die Treppe hoch. „Wer als Erster oben ist!" Hanfri stürmte hinterher.

Im zweiten Stock holte er sie ein. Jazzy schloss die Wohnungstür auf und zog Hanfri an seinem Hosenbund herein, stieß mit dem Fuß die Tür zu, entledigte sich auch schwungvoll ihrer High Heels, die laut an eine Tür krachten. Dann zog sie ihr Oberteil aus und küsste Hanfri. Sie knutschten. Wild. Ihr Atem wurde lauter, Jazzy knöpfte Hanfris Hemd auf, biss ihm ins Ohr, sie strich mit ihren Fingernägeln über seinen Rücken. Hanfri stöhnte laut und konnte seine Erregung nicht mehr zurückhalten. Er spielte an ihren Brüsten. Auch Jazzy stöhnte laut auf und drückte Hanfri an die Wand. Er stolperte, kam an den Lichtschalter, das Licht erlosch und Jazzy drückte ihn weiter in die Wohnung. Er gestikulierte mit seinen Armen, versuchte Halt zu finden, fasste hinter sich, wackelte, ergriff eine Jacke, versuchte sich an ihr und riss sie runter. Jazzy lachte laut und machte sich an Hanfris Hose zu schaffen, sie öffnete seinen Hosenschlitz und ihre Hand wanderte in seinen Schritt. Eher er sich versah, stand er mit heruntergelassener Hose da, Jazzy kniete vor ihm. Sie nahm seinen steifen Schwanz und spielte mit ihrer Zungenspitze dran, dann biss sie sanft zu. Hanfri schloss die Augen, wimmerte laut vor Geilheit und krallte seine Hände an ihren Kopf.

„Ich will dich. Jetzt! Fick mich!!!", schrie Jazzy.

„Ich glaube, ich spinne. Jazzy, hast du noch alle Tassen im Schrank?", kreischte ein Schatten in der Tür. Jazzys Mitbewohnerin. „Wenn du schon jeden Abend einen anderen abschleppst, dann vögle zumindest in deinem Zimmer." Hanfri erschrak. Die Stimme. Die Stimme, dieser Wuschelkopf. Sein Atem stockte.

Jazzy lachte: „Du bist einfach zu lärmempfindlich."

„*Lärmempfindlich?*" Der Schatten stemmte die Hände in die Hüften und schrie „Lärmempfindlich! Ich glaube, du spinnst wohl!"

„Du brauchst echt mal wieder 'nen ordentlich Fick", keifte Jazzy zurück. Sie kniete immer noch vor Hanfri und hielt sein erschlafftes Glied in der Hand.

„Whaaaattt?? You fucking bitch." Hanfri schwante das Schlimmste. Der Schatten schlug mit der Faust auf den Lichtschalter.

Hanfri entgleisten alle Gesichtszüge. Der Schatten stand nun im Licht. Laura. Hastig schubste er mit seinen Händen Jazzy weg, die nach hinten kippte und auf ihrem Hintern landete. Er verschränkte die Arme vor seinem Schritt. Laura starrte ihn mit offenem Mund an. Hanfri starrte zurück. Ihre Blicke trafen sich. Stille. Nur Jazzys Jammern.

Sie versuchte aufzustehen, rutschte aus und landete wieder auf ihrem Hintern.

„Ha, Ha…Hanfri?", stotterte Laura fassungslos und rang nach Worten. „Was…" Pause. Stille. „Hanfri, was machst du hier?"

Hanfri starrte sie mit versteinerter Miene an und zog sich mit einer Hand die Hose hoch.

„Ich…" Mehr brachte er nicht heraus.

„Ihr kennt euch?", mischte sich Jazzy ein. Sie saß immer noch auf dem Boden und blickte Laura und Hanfri abwechselnd fragend an.

„Halt die Schnauze!", fauchte Laura Jazzy an, sie schien sich allmählich wieder zu fassen. Dann schaute sie auf Hanfri. Der versuchte gerade seinen Hosenstall zu schließen.

„Hanfri, was machst du hier?"

„Ich…." Ihm fiel keine Antwort ein. Hanfri war verzweifelt.

„Hanfri, ich frage dich noch einmal. Was machst du hier und vor allen Dingen, was machst du hier mit Jazzy?"

„Es ist nicht das… es ist nicht das, wonach es aussieht", stammelte Hanfri.

„Doch, genau das ist es", meldete sich Jazzy zu Wort. „Hanfri und ich haben uns über *FindHer* getroffen und er ist…" Hanfri warf Jazzy einen entsetzten und wutentbrannten Blick zu. Laura ließ sie nicht zu Ende reden. „Hanfri, du bist also…" Sie verstummte.

„Ich kann es erklären."

„Fuck you!" Laura knallte ihre Zimmertür zu.

Jazzy rappelte sich auf. „Mann, Laura kann echt psycho sein. Woher kennt ihr euch eigentlich?"

„Wir kennen uns von der Arbeit."

„Ach so, du bist das.“

„Wer bin ich?“

„Ach, ist doch egal. Was mich vielmehr interessiert: Machen wir jetzt da weiter, wo wir unterbrochen wurden?“ Sie kam ihm näher und wollte ihn umschlingen. Hanfri wehrte ihren Annäherungsversuch ab.

„Vergiss es.“ Er drehte sich um und ging.

Hanfri schritt durch den Innenhof zurück auf die Straße. Er entschied sich nicht gleich die Tram zu nehmen, sondern ein wenig zu laufen. Es fühlte sich gerade alles so komisch, so irreal an. Gedanken rasten wild in seinem Kopf umher. Das Date mit Jazzy war ein Griff ins Klo, auf ganzer Länge, soviel war klar.

Aber seltsamerweise war es gar nicht Jazzy, die ihm solch ein Kopfzerbrechen bereitete. Es war Laura. Immer wieder sah er ihren Schatten in der Tür stehen. Ihr entgeistertes Gesicht, als sie ihn erkannte. Er hörte ihre wutentbrannte Stimme und wie sie ihre Tür mit einem lauten Knall zuschlug. Er versuchte seine Gedanken zu sortieren. Warum hatte sie derart reagiert? Dabei war sie doch lesbisch, da war er sich sicher. Die Jungs hatten es ja auch gemeint und so wie sie sich über andere Männer geäußert hatte, hatte Hanfri da keinen Zweifel. Aber warum fühlte er sich trotzdem so miserabel, als sei er gerade von seiner Freundin beim Seitensprung erwischt worden?

„Scheiße!“, schrie er laut. Vielleicht war sie auch einfach nur von ihm als Freund enttäuscht, weil er gelogen hatte. Warum hatte er damals in der Kantine nicht einfach gesagt, dass er auch bei *FindHer* ist? War doch nichts dabei. War doch ganz normal heutzutage.

Er suchte, aber er fand keine Antworten auf seine Fragen. So erging es ihm auch als Bianca ihn verlassen hatte. Schier unglaublich, wieviele Fragen sich mit dem kleinen Wörtchen „Warum" formulieren ließen. Hanfri dachte an alle Dates der vergangenen Wochen, ließ sie Revue passieren, die guten und die ganzen Desaster-Dates. Den Abend mit Laura hatte er von allen am meisten genossen. Er mochte sie. Sehr sogar. Ihr Aussehen, ihren Humor, ihre unbefangene und direkte Art.

„Warum muss denn ausgerechnet SIE lesbisch sein!", schrie er. Einige Passanten guckten ihn empört an.

„Ist doch wahr! Da trifft man mal eine, die einem gefällt. Und was ist? Sie ist ne Lesbe. Leckt lieber Muschis statt Schwänze und macht mir eine Szene, wenn ich mir einen blasen lasse!", antwortete er ungefragt. Jeder andere wäre doch auch mit Jazzy mitgegangen. Konnte man ihm das echt verübeln? Wut stieg in ihm hoch. Worüber? Eine von vielen Fragen, auf die er gerade keine Antwort hatte.

Griesgrämig und schlecht gelaunt schlürfte Hanfri am nächsten Morgen ins Büro. Bernd und Andreas saßen schon an ihren Schreibtischen.

„Guten Morgen, Hanfri", begrüßte ihn Andreas gut gelaunt. Auch Bernd nickte ihm zu. Hanfri reagierte nicht und schleuderte seine Tasche neben seinen Arbeitsplatz.

„Grüßen kannste aber noch?", frotzelte Bernd.

„Morgen!", grummelte Hanfri.

„Oh, da hat aber jemand schlecht geschlafen..."

„Lasst mich bitte in Ruhe."

„Oder hattest du ein schlechtes Date?"

„Könnt ihr mich bitte, *bitte* einfach in Ruhe lassen? Das kann doch nicht so schwer sein!"

„Ist ja schon gut." Bernd und Andreas warfen sich fragende Blicke zu und ließen Hanfri in Ruhe. Für den Rest des Vormittags herrschte eisige Stille im Büro. Auch später in der Kantine beim Mittagessen gab sich Hanfri wortkarg. Er stocherte nur gedankenverloren in seinem Essen herum.

„Da kommt Laura", bemerkte Andreas. „Die schaut ja auch schlecht gelaunt aus. Hanfri, habt ihr beiden den gleichen Miesepeter zum Frühstück gehabt?" Hanfri ignorierte Andreas kleine Provokation. Als Laura auf ihren Tisch zukam, lud Andreas sie ein: „Laura, setz dich zu uns." Sie blieb kurz stehen, nickte Andreas und Bernd zu und würdigte Hanfri keines Blickes. Der starrte verlegen auf seinen Teller und traute sich nicht, Laura auch nur anzugucken. Andreas schaute Hanfri an, dann Laura.

„Heute nicht, Jungs“, schlug sie das Angebot aus und zog weiter.

„Hanfri?“, begann Andreas, doch Hanfri hörte ihn nicht. Andreas stiess ihn an: „Hanfri, was ist da zwischen Laura und dir?“ Hanfri schreckte auf.

„Was?“

„Was geht da zwischen Laura und dir ?“

„Ich möchte nicht darüber reden“, blockte Hanfri ab. Er stand auf. „Ich brauche dringend frische Luft“, und ließ seine Kollegen achtlos sitzen. Hanfri ging in den Innenhof und versuchte die ganzen Gedanken aus seinem Kopf zu verbannen.

Bernd und Andreas blieben sitzen. „Hast du eine Idee, was mit Hanfri heute los ist, Andreas? So haben wir ihn schon seit seiner Trennung von Bianca nicht mehr erlebt. Erinnerst du dich noch? Damals hatte er geschlagene drei Wochen so eine Laune.“

„Ich ahne Schlimmes, ich habe gerade gar kein gutes Gefühl. Wir müssen mit ihm reden. Komm, wir gehen zurück ins Büro.“

Als Hanfri zurück ins Büro kam, warteten seine Kollegen auf ihn. „Kannst du uns bitte erzählen, was mit dir los ist?“

„Andreas, ich sagte doch schon: Lasst mich in Ruhe!“

„So läuft das nicht, Hanfri. Wir sitzen alle drei in einem Büro und wir haben keinen Bock darauf, deine Laune so hinzunehmen. Also raus mit der Sprache.“ Bernd stimmte Andreas nickend zu.

„Wir lassen nicht locker. Ich bin da ganz bei Andreas.“ Hanfri stöhnte, ließ sich in seinen Stuhl fallen.

„Also gut. Ich hatte gestern Abend ein Date." Andreas wollte Hanfri unterbrechen, doch Bernd stieß ihn an, den Mund zu halten.

„Und?" wollte Bernd wissen.

„Ich gebe euch die Kurzfassung: Die Frau war dumm wie Stroh, ich musste die Rechnung beim Italiener übernehmen. Die war spitz wie sonst was. Also bin ich mit zu ihr und noch im Wohnungsflur fiel sie über mich her und dann wurden wir von ihrer Mitbewohnerin überrascht."

„Ja, und? Könnte doch schlimmer kommen", spielte Andreas alles runter.

„*Es hätte schlimmer kommen können?*", brauste Hanfri auf.

„Ja, oder etwa nicht?", fragte Andreas verunsichert.

„Mann, schnallst du es nicht? Die Mitbewohnerin war Laura!" Stille. Die beiden schauten Hanfri mit offenem Mund an, sie regten sich nicht.

„Scheiße", entfuhr es Andreas.

„Ja, große Scheiße, sie hat eine Mega-Szene gemacht."

„Was habt ihr gemacht? Geknutscht?", wollte Bernd wissen.

„Schlimmer."

„Oha!" Andreas wurde kreidebleich.

„Das kannste laut sagen. Die ist voll durch die Decke gegangen."

„Hanfri, was ist eigentlich nach dem Barbecue mit dir und Laura gewesen?", wollte Bernd wissen.

„Was soll da gewesen sein?"

„Na ja, lief das was? Ihr saht ja schon ganz vertraut aus, als ihr euch so Arm in Arm davongestohlen habt."

„Da lief nichts, wir waren was trinken und haben uns super unterhalten."

„Nur unterhalten?" Bernd blickte ihn eindringlich an. Andreas wurde immer blasser und blasser. „Hanfri, sag schon, lief da was? Habt ihr euch geküsst?"

„Hm, so fast. Kuss kann man es nicht richtig nennen. Aber es war auch mehr als kein Kuss. Also, versteht ihr?" Bernd warf Andreas einen vorwurfsvollen Blick zu. Der saß immer noch wie versteinert da und bekam den Mund nicht zu.

„Was hat das schon zu bedeuten? Kuss, ja oder nein. Laura ist lesbisch, das weiß hier doch jeder. Habt ihr ja auch gesagt." Bernd hob die Hand und wollte was sagen, doch Hanfri ließ ihn nicht zu Wort kommen. „Ich verstehe einfach nicht, warum sie mir so eine Szene gemacht hat. Die will doch gar nichts von mir." Er schaute seinen beiden Kollegen an. „So, zufrieden? Ich gehe mir jetzt einen Kaffe holen, ich habe die ganze Nacht kein Auge zu bekommen." Er stampfte aus dem Büro.

„Andreas, wie kamst du nur auf die Idee, ihm zu erzählen Laura sei lesbisch?"

„Ich fand es..."

„Vollidiot!", raunzte Bernd. „Wir müssen es ihm sagen."

„Ich befürchte, du hast Recht."

„Hanfri, mach bitte mal die Tür hinter dir zu. Wir müssen mit dir reden", forderte Bernd. Hanfri war gerade erst mit seinem Kaffee zurückgekommen.

„Was denn noch? Ich habe euch doch schon alles erzählt."

„Setz dich bitte...", begann Bernd ganz vorsichtig, dann blickte er Andreas an.

„Du oder ich?"

„Du!"

„Hanfri, wie fange ich am besten an?"

„Laura ist nicht lesbisch", platzte es Andreas heraus.

„*Was?*"

„Laura ist nicht lesbisch", bestätigte Bernd.

„Ich verstehe nicht recht. Aber ihr habt doch gesagt, dass...." Hanfri geriet ins Stocken. „Also, das sagen doch auch alle anderen, dass Laura... oder etwa nicht? Ich verstehe nicht." Er war wie von Sinnen.

„Na ja, ich habe mir da einen kleinen Scherz mit dir erlaubt", spielte Andreas seine Lüge herunter. Hanfri traute seinen Ohren nicht.

„Was hast du?" Es fing an in ihm zu brodeln.

„Einen kleinen...ich dachte, es wäre witzig."

Hanfri sprang auf.

„Das findest du witzig?"

„Setz dich", versuchte Bernd ihn zu beruhigen. „Hast du dich nie gewundert, warum Laura immer zur gleichen Zeit wie wir Mittagspause gemacht hat? Warum sie immer bei uns am Tisch saß? Warum sie uns bei der Sache mit Neumeyer geholfen hat?" Hanfri schlug die Hände über dem Kopf zusammen, sagte aber nichts mehr.

„Laura mag dich."

„Bitte?“ Hanfri starrte Bernd fassungslos an, dann begann er zu schreien: „Ist das wahr?“ Die beiden Kollegen schwiegen. „Ich will wissen, ob das wahr ist!“

„Ja“, stammelte Andreas. „Und wir haben es immer so eingefädelt, dass sie mit uns Pause macht.“ Hanfri schluckte und holte tief Luft.

„Und dann erzählt ihr mir, dass sie lesbisch ist? Warum? Ich verstehe das nicht! Was seid ihr eigentlich für Arschlöcher?“

„Hanfri, nun beruhige dich doch“, versuchte Andreas Hanfri zu beschwichtigen.

„Ich will mich nicht beruhigen, ich bin stinksauer. Hört ihr mich? Stinksauer. Ach, was rede ich überhaupt mit euch? Ihr könnt mich mal am Arsch lecken.“ Hanfri nahm seine Tasche und raste aus dem Büro. Er rannte den Korridor lang, das Treppenhaus runter und aus dem Gebäude der BVG. Diese Idioten!

„Jetzt bin ich gespannt, wie du das wieder gerade biegen willst, Andreas.“

„Keine Ahnung“, erwiderte Andreas ratlos.

„Die solltest du aber haben. Hanfri ist ein feiner Kerl, sowas macht man nicht. Alter, da hast du echt große Scheiße gebaut.“

„Ich weiß.“ Andreas schaute reumütig aus dem Fenster.

„Guten Tag, meine Herren.“ Neumeyer stand im Büro, hinter ihm Laura und ihre beiden Arbeitskollegen von der Social-Media-Abteilung. Laura hatte immer noch den gleichen griesgrämigen Gesichtsausdruck wie in der Kantine.

Man sah ihr an, daß sie sich nicht wohl fühlte. Neumeyer blickte suchend um sich.

„Wo ist denn Ihr Kollege?"

„Sie meinen Hanfri?", fragte Bernd naiv.

„Ja, genau der."

„Der ist nach Hause."

„Wieso das?"

„Dem ging es nicht gut, hat sich mehrmals übergeben."

„Und da meldet man sich nicht ab?"

„Wir haben ihn nach Hause geschickt, der hat ja eh noch ein paar Überstunden", sprang Andreas seinem Kollegen zur Seite.

„Schade, na ja, nichts für ungut. Ich wollte mit Ihnen über den Workshop reden, aber dann machen wir das eben morgen." Er wandte sich an Laura und ihre Teamkollegen. „Dann kommen wir nochmal zusammen. Eilt ja nicht." Der Tross wollte gerade wieder das Büro verlassen, da ergriff Bernd die Chance: „Laura, hättest du bitte eine Sekunde Zeit für uns?"

Laura drehte sich um.

Hanfri verließ die BVG, ging zum Spreeufer und setzte sich ins Gras. Er konnte nicht mehr klar denken. Fassungslos ließ er die Unterhaltung mit Andreas und Bernd in seinem Kopf Revue passieren. Laura mochte ihn also. Soviel stand fest. In seinem Kopf spielten sich sämtliche Szenen mit Laura der vergangenen Wochen ab.

In der BVG-Kantine, beim Barbecue und zu guter Letzt nachts im Wohnungsflur. Wieso hatte er ihre Annäherungsversuche nicht bemerkt? Warum haben ihm seine beiden Kollegen so einen Bären aufgebunden und behauptet, Laura sei lesbisch? Und wie könnte er sich aus dieser ganzen Lage befreien? Er verstand die Welt nicht mehr.

Hanfri nahm sein Handy und wählte Jochens Nummer.

„Hanfri, wie lief dein Date gestern? Hast du sie klar gemacht?"

„Jochen, wir müssen reden. Können wir uns treffen?"

„Du klingst gar nicht gut. Was ist passiert?"

„Das möchte ich dir am Telefon nicht erzählen, können wir uns treffen?"

„Klar. Wann?"

„Jetzt!"

„Wo bist du denn?"

„Bin gerade bei der BVG raus. In einer halben Stunde am Potsdamer Platz, okay?"

„Das schaffe ich. Bis gleich, Hanfri."

Jochen wartete schon und begrüßte seinen Freund.

„Mein Gott, du schaust ja fürchterlich aus? Hat dich die Kleine gestern derart fertig gemacht?"

„Lass deine Kommentare bitte. Machen wir einen Spaziergang durch den Tiergarten." Es war mehr eine Aufforderung als eine Frage.

„Klar... Nun erzähl mal, was stimmt denn nicht?"

„Erinnerst du dich an Laura?"

„Laura...Laura..." Jochen dachte nach. „War das die Bitch, die dir für ein Schäferstündchen Kohle abstauben wollte?"

„Nein. Laura McKinley-Müller, meine irische Arbeitskollegin. Also genau genommen ist sie halb irisch, halb deutsch. Du weißt schon, die mit den roten Korkenzieherlocken."

„Ich glaube, ich erinnere mich. Aber mit der lief noch nichts, oder?"

„Nein." Und Hanfri fing an zu erzählen. Von der ersten Begegnung mit Laura, den gemeinsamen Mittagessen, wie sie ihnen bei der Neumeyer-Sache geholfen hat und von ihrem Abend nach dem Barbecue. Er ließ kein Detail aus und Jochen hörte ihm aufmerksam zu, zwischendurch nickte er oder gab ein lakonisches „Okay" von sich. Als Hanfri vom Date mit Jazzy berichtete, lachte Jochen und klopfte ihm auf die Schulter.

„Mensch, dass du einmal so ein Aufreißer wirst, das hätte ich mir nie träumen lassen."

„Jochen, mir ist echt nicht nach Lachen zumute. Ich bin echt verzweifelt. Die Geschichte geht noch weiter."

„Ich höre."

„Wir waren in Jazzys Wohnung und direkt im Flur geht die mir an die Wäsche. Bläst mir einen und schreit raus, dass sie mich ficken möchte. Und dann kommt plötzlich ihre Mitbewohnerin und macht eine Mörderszene. Und nun rate mal, wer die Mitbewohnerin war?“

„Doch nicht etwa...“ Jochen hielt inne.

„Richtig, Laura. Weißt du, wie peinlich das war? Ich mit heruntergelassener Hose, mein Schwanz im Mund ihrer Mitbewohnerin.“

„Ja, ja, das ist unangenehm. So was ähnliches ist mir auch mal passiert. Lustige Geschichte übrigens. Aber hast du nicht gerade gesagt, dass Laura lesbisch sei?“

„Es kommt noch viel schlimmer. Heute in der BVG eröffnen mir meine beiden tollen Kollegen, dass Laura gar nicht lesbisch ist. Sondern ganz im Gegenteil, dass sie mich mag und an mir interessiert ist.“

„Ach du scheiße, das ist jetzt nicht dein Ernst.“

„Doch und dann erzählen mir die beiden, dass alles inszeniert war. Weil Laura an mir interessiert ist, haben sie ihr immer gesagt, wann wir essen gehen. Das war nie Zufall, dass sie so oft mit uns zu Mittag gegessen hat, sondern das war alles abgesprochen. Und ich Depp habe es nicht gemerkt.“

„Puhhh, das ist verzwickt.“ Jochen überlegte. „Die wichtige Frage ist doch: Magst du Laura?“

„Ja. Von allen Frauen, die ich in den vergangenen Wochen getroffen habe, habe ich die Zeit mit ihr am meisten genossen. Ich mag ihren Humor, wie sie lacht, ihre unbekümmerte und direkte Art. Ihre Sommerprossen.“

„Hanfri, du bist verliebt!“

„Vielleicht."

„Ganz bestimmt sogar. Das ist doch großartig."

„Nein, das ist die absolute Hölle. Nachdem sie mich mit Jazzy überrascht hat, will sie nichts mehr von mir wissen. Du hättest sie heute mal in der Kantine erleben sollen. Die hat mich keines Blickes gewürdigt."

„Das macht die ganze Sache etwas kompliziert." Jochen grübelte. „Meinst du, es gibt irgendeinen Weg, Laura zu beruhigen? Weißt du, sodass du sozusagen eine zweite Chance bekommst."

„Ich habe keine Idee, wie wir das hinbekommen könnten. Ich habe sie ja angelogen, als wir uns in der Kantine über *FindHer* unterhalten haben. Dann hat sie mich auch noch auf frischer Tat mit ihrer Mitbewohnerin überrascht. Das macht es alles nicht einfacher."

„Da hast du Recht. Aber lass uns mal überlegen. Was willst du genau? Möchtest du Laura zurückgewinnen?"

„Ja."

„Gut, dann sollten wir uns was einfallen lassen, dass sie wieder mit dir spricht."

„Leichter gesagt als getan."

„Denken wir mal weiter. Vorausgesetzt, sie würde wieder mit dir sprechen. Was würdest du tun?" Hanfri schwieg, doch Jochen ließ nicht locker. „Hanfri, was würdest du tun?"

„Ich weiß es nicht, ich weiß ja nicht einmal, ob sie überhaupt noch mit mir sprechen würde."

„Lassen wir dieses *ob* einmal außen vor und gehen davon aus, dass sie es tut. Was würdest du mit ihr tun? Ich meine, würdest du mit ihr in einen Park gehen, ins Kino,

Theater, ihr die Stadt zeigen oder sie in eine Bar ausführen? Hanfri, *was*?"

„Ich würde versuchen..." Hanfri machte eine Pause. „Ich meine", er atmete schwer ein und aus, „es sollte DAS perfekte Date sein."

„Sehr gut, nun haben wir einen Ansatz. Und darüber solltest du dir bald ganz viele Gedanken machen."

„Deine Zuversicht möchte ich haben."

„Hör zu, Hanfri, ich habe einen Plan. Heute ist Mittwoch. Schau, dass du morgen Laura bei der Arbeit nicht über den Weg läufst. Am besten meldest du dich krank und gehst gar nicht erst hin."

„Ich verstehe nicht ."

„Ich brauch einen Tag. Aber es ist wichtig, dass du Laura so lange nicht über den Weg läufst, okay?"

„Was hast du vor?"

„Vertraue mir. Dieses eine Mal noch, vertraue mir blind."

„Habe ich eine Alternative?"

„Nein. Warte morgen einfach auf meinen Anruf."

Jochen grinste.

„Laura, hättest du bitte eine Sekunde Zeit für uns?" Laura drehte sich um. Sie blickte Andreas und Bernd gleichzeitig fragend und entnervt an: „Wenn es schnell geht."

Andreas zögerte, räusperte sich und holte tief Luft.

„Vielleicht solltest du dich setzen, Laura", begann er. „Also, es geht um Hanfri."

„Hanfri?" Lauras stimmte klang distanziert und reserviert. „Na, da bin ich ja mal gespannt."

„Also, wie fange ich jetzt am besten an?" Andreas zögerte. „Erinnerst du dich noch an unser Gespräch, als Hanfri frisch von Bianca getrennt war?" Laura nickte.

„Gut." Er machte wieder eine Pause und Laura wurde ein wenig ungeduldig.

„Hör zu, Andreas, ich habe heute echt viel zu tun und bin auch nicht in bester Verfassung. Also entweder du sagst jetzt, was dir auf der Seele brennt, oder wir vertagen das Ganze."

„Das ist alles nicht so leicht und mir wirklich unangenehm."

„Andreas, hör auf, um den heißen Brei herum zu reden."

„Was dir Andreas sagen möchte, ist...", mischte sich Bernd ein.

„Ich habe Hanfri erzählt, dass du 'ne Lesbe bist."

Laura entglitten die Gesichtszüge und sie schaute ihn entgeistert an.

„Was hast du?" Ihre Stimme klang bedrohlich ruhig.

„Ich habe Hanfri erzählt", wiederholte Andreas verunsichert, „dass du 'ne Lesbe bist."

Sie schüttelte den Kopf. „Das ist ein Witz, oder?"

„Nein, leider nicht."

„Und du?", sie blickte Bernd an, „du hast auch noch mitgemacht?"

„Na ja", stammelte Bernd.

„Why?" Sie stemmte die Arme in ihre Hüften und schaute beide bedrohlich an.

„Das kann dir Andreas erklären, der hat angefangen", redete sich Bernd infantil heraus.

Laura durchbohrte Andreas mit ihrem Blick.

„Du brauchst jetzt eine sehr gute Erklärung, Andreas. Warum", sie holte tief Luft, um sich zu beruhigen und begann noch einmal, „warum hast du Hanfri so einen Scheiß erzählt?"

„Puhhh, wenn ich das wüsste. Irgendwann habe ich mit ihm mal über dich gesprochen und er meinte, dass er dich ganz cool findet." Für einen kurzen Moment verschwand die Wut aus Lauras Gesicht.

„Ich dachte, es wäre witzig, ihm einen kleinen Floh ins Ohr zu setzen. Das würde doch alles noch ein bisschen spannender machen. Du magst ihn und er mag dich, das wäre doch viel zu einfach gewesen."

Lauras Stimme wurde lauter: „Und da dachtest du, *spiele ich den beiden doch mal einen kleinen Streich*, oder was?" Bernd sprang zur Bürotür und schloss sie. Bestimmt konnte man ihre Stimme den ganzen Flur herunter hören. Andreas verlor seine Gesichtsfarbe und Laura keifte: „Hast du auch nur annähernd eine Idee davon, wie es ist, vier

Monate lang darauf zu warten, dass er endlich mal auf mich aufmerksam wird??"

„Also...", begann Andreas. Ihr Kopf lief rot an. Andreas suchte nach Worten, blickte Bernd hilfesuchend an, doch der wollte ihm nicht helfen. „Laura, wenn ich gewusst hätte, was dieser kleine Spaß für eine Wirkung nach sich zieht, dann hätte..." Dann explodierte Laura und schrie:

„Are you out of your fucking minds, you fucking tossers? Next time you fancy a lass I'll let her know you're fucking jobby jabbing queers!!" Sie stampfte zur Tür, riss sie auf und schlug sie mit einem lauten Knall hinter sich zu.

Bernd und Andreas schauten sich hilflos an. „Hast du ein Wort verstanden?"

„Nicht eins, aber es klang nicht gerade freundlich", erwiderte Bernd.

Entschlossen, seinem Freund in dieser verzwickten Situation zu helfen, betrat Jochen das Bürogebäude der BVG und ging geradewegs zur Information. „Entschuldigen Sie bitte, ich möchte gerne Frau Laura McKinley-Müller sprechen."

„McKinley-Müller", wiederholte die ältere Dame an der Information und blickte über den Rand ihrer Lesebrille auf den Computerbildschirm. Dann griff sie zum Telefonhörer, schaute Jochen misstrauisch an: „Wen darf ich melden?" Er zögerte einen Moment, Laura kannte ihn ja nicht und wüsste mit seinem Namen nichts anzufangen.

„Könnten Sie sie vielleicht einfach so, ohne meinen Namen zu nennen, herunter locken?" Die Dame rückte ihre Lesebrille auf die Nasenspitze und schaute unbeeindruckt. .

„Hören Sie, es mag komisch klingen, aber ich bin hier wegen..." Jochen stockte. „Also, weswegen ich hier bin und mit Frau McKinley-Müller sprechen muss..." Er brach ab.

„Junger Mann, nun sagen Sie mir doch einfach einmal, worum es geht."

„Mein bester Freund mag Laura und Laura mag ihn, aber den beiden wurde übelst mitgespielt und sie ahnen nicht, dass sie eigentlich füreinander geschaffen sind. Verstehen Sie, es geht um Liebe."

„Um Liebe?"

„Ja um die schönste Sache der Welt. Schmetterlinge im Bauch, Regenbogen am Himmel, Liebesherzen überall. Hören Sie, ich flehe Sie an, rufen Sie Laura unter irgendeinem

Vorwand herunter, damit ich mit ihr reden kann." Jochen schaute sie bittend mit einem aufgesetzten Engelsgesicht an. Sie nahm den Hörer in die Hand und wählte eine Nummer: „Hey Jens, hier ist die Hilde vom Empfang. Sag mal, könntest du bitte Laura mal zu mir runterschicken?" Sie nahm den Hörer kurz beiseite, hielt ihre Hand auf die Hörermuschel und flüsterte Jochen zwinkernd zu: „Das wird schon." Dann sprach sie wieder in den Hörer: „Warum? Frauenthemen, weißt du? Schick sie einfach mal runter zu mir...In Ordnung, danke." Sie zeigte mit ihrer Hand auf die Sitzgruppe in der Eingangshalle „Nehmen Sie doch Platz. Sie kommt gleich."

Jens legte den Hörer auf und meinte zu Laura, die ihm am Schreibtisch gegenüber saß: „Hilde vom Empfang hat gerade angerufen, du sollst mal bitte zu ihr runterkommen."

„Hat sie gesagt, worum es geht?"

„Sie hat nur irgendwas von Frauenthemen geredet."

„Herrje, wenn ich in einer halben Stunde nicht zurück bin, ruft bitte unten an. Erfindet einfach irgendetwas, um mich aus ihren Fängen zu retten." Laura machte sich auf den Weg zur Lobby und musste an ihre Unterhaltung mit Andreas und Bernd denken. Auf der einen Seite freute sie sich, dass Hanfri sie mochte. Auf der anderen Seite konnte sie einfach nicht nachvollziehen, dass er gelogen hatte, als sie sich über *FindHer* unterhalten hatten. Und warum in alles in der Welt war er abends mit Jazzy mitgegangen? Das ging ihr einfach nicht in den Kopf.

Jochen saß auf der gemütlichen Ledercoach und schaute auf die großzügige Treppe im Foyer. Er war sichtlich nervös. Er hatte sich vorgenommen, Laura zu beschwichtigen. Hanfri hatte eine zweite Chance verdient. Aber er kannte Laura nicht, wusste nicht, wie sie reagieren würde. Im Grunde genommen hatte er nur diesen einen Moment. Dann sah er Laura und musste schlucken. Er konnte seinen Freund sehr gut verstehen, dass er Gefallen an ihr gefunden hatte. Sie trug eine enge, schwarze Jeans, eine weiße Bluse mit zarten Rüschen und sie hatte gar nicht erst den Versuch unternommen, ihre roten Korkenzieherlocken zu bändigen. Jochen stand auf und ging auf sie zu: „Du bist Laura, richtig?" Sie blickte ihn etwas distanziert und überrascht an.

„Laura McKinley-Müller, und mit wem habe ich das Vergnügen?"

„Jochen."

„Jochen wer?"

„Jochen reicht vollkommen. Ich finde, wir sollten gleich beim Du bleiben."

„Meinen Sie?" Oh, das könnte ein harter Brocken werden, befürchtete Jochen und entschied sich für den direkten Weg.

„Ja, das meine ich. Ich bin Jochen und du hast meinem besten Freund den Kopf verdreht. Und wenn ich dich jetzt so sehe, kann ich das total verstehen. Allerdings glaube ich, dass es da ein paar kleine Missverständnisse zwischen euch gibt. Ich denke, du weißt vom wem ich rede, oder?"

„Nein, ich habe keine Ahnung vom wem du redest", gab Laura sich unwissend, hatte aber zumindest Jochens Du schon mal angenommen. Sie konnte sich nicht ganz vorstellen, in welche Richtung dieses Gespräch führen sollte und hielt es für besser, sich vorerst bedeckt zu halten.

„Ich rede von Hanfri.“

„Hanfri?“ Ein Hauch von Verachtung schwang in ihrer Stimme.

„Ja, Hanfri. Genau von dem rede ich.“

„Ich weiß nicht, was es da zu bereden gibt?“

„Oh, jede Menge. Wie sieht es aus, machen wir einen kleinen Spaziergang? Ich möchte das ungern hier besprechen.“ Laura dachte einen Moment nach. „Fine, du hast genau fünf Minuten.“

„Fünf Minuten sind nicht gerade viel, aber besser als nichts. Lass uns runter an die Spree gehen“, forderte Jochen Laura auf. Sie verließen das BVG-Gebäude. Jochen hatte die ganze Nacht gegrübelt, womit er als erstes anfangen sollte. Dass es seine Idee war, Hanfri bei *FindHer* anzumelden, ja, dass er ihn beinahe genötigt hatte? Oder ganz banal, dass Hanfri sich auf Jazzy nur eingelassen hatte, weil er Laura für eine Lesbe gehalten hatte?

„Du solltest schon anfangen zu erzählen, die Zeit läuft gegen dich“, stichelte Laura. Jochen zögerte einen Moment. „Möchtest du mir erzählen, dass Hanfri mich für eine Lesbe hielt, weil seine beiden Kollegen sich einen Spaß mit ihm erlaubt haben? Und glaubst du im Ernst, das könnte meine Meinung über ihn umstimmen?“ Jochen war überrascht, dass Laura von dem üblen Spiel der beiden wusste. Nun musste er seine ganze Taktik über den Haufen werfen und neu anfangen, ihre Zweifel an Hanfri sofort aushebeln.

„Nein, das hatte ich nicht vor. Im Grunde genommen beginnt die Geschichte mit mir. Erinnerst du dich noch, wie sehr Hanfri die Trennung von seiner Ex mitgenommen hatte?"

Laura nickte. „Ja, das war ja nicht zu übersehen."

„Schau, ich kenne Hanfri seit fast dreißig Jahren. Wir sind gemeinsam zur Schule gegangen und haben wahnsinnig viel miteinander erlebt. Ich übertreibe nicht, wenn ich dir sage, dass er mein bester Freund ist und ich ihn als solchen liebe."

„Das finde ich ja ganz süß von dir, aber...", unterbrach ihn Laura mit ironischem Unterton. Doch Jochen ließ sie nicht.

„Nein, jetzt mal bitte kein *aber*. Lass mich ausreden. Ich konnte das Elend mit Hanfri nicht mehr ertragen. Er trauerte seiner Ex hinterher, schaute immer noch ihre *Sex-and-the-City-* DVDs, aber blickte nie nach vorne. Dass er mal von sich aus eine Frau ansprach, daran war beileibe nicht zu denken. Geschweige denn, dass er überhaupt in Erwägung gezogen hätte, wieder eine Frau kennenzulernen. Laura, verstehst du, ich musste da was unternehmen." Sie war immer noch skeptisch. „Und deswegen habe ich ihn gezwungen, sich bei *FindHer* anzumelden."

„Gezwungen?" Laura wurde etwas neugierig.

„Von alleine hätte der das ja niemals gemacht. Ich musste da schon ein wenig nachhelfen." Er machte eine kurze Pause. „Na ja, gezwungen ist auch nicht gerade das richtige Wort. Ich habe ihn erpresst."

„Erpresst? Das musst du mir näher erklären."

„Ich habe ihn mit einem Bild erpresst, das ich vor langer Zeit gemacht habe. Ein Bild von ihm und...ich weiß nicht, ob ich dir das erzählen soll?"

„Du hast ihn mit einem Bild erpresst? Soll ich dir was sagen, Jochen? Ich habe auch ein Bild von Hanfri. Hier in meinem Kopf." Sie tickte sich mit dem Zeigefinger symbolisch an die Stirn. „Ich habe ein Bild hier drinnen, wie meine Mitbewohnerin ihm einen bläst. In unserem Wohnungsflur. Verstehst du?"

„Ja, kein schönes Bild. Das kann ich mir vorstellen." Dann erzählte Jochen ihr viele Details von den ganzen Dating-Desastern, wie zum Beispiel Bianca zu einem Date dazukam und auch, dass die Erpressung eine Lüge war.

„Ich habe keine Idee, worauf du hinauswillst. Erst sprichst du von einer Erpressung, dann ist es doch eine Lüge."

„Ist dir denn ganz entgangen, dass sich Hanfri in den letzten Wochen verändert hat? Er hat endlich mal sowas wie ein Selbstbewusstsein entwickelt."

„Mhmm." Laura dachte über seine Worte nach. Ganz Unrecht hatte Jochen ja nicht, Hanfri hatte sich wirklich sehr zum Positiven entwickelt. Auch rein äußerlich. Aber sie wollte nicht so schnell beigeben, auch wenn sich in ihrem Kopf das Puzzle allmählich zusammensetzte. „Soll ich jetzt Mitleid für Hanfri empfinden?"

„Nein, das sollst du nicht. Ich wünschte mir nur, dass du deine Meinung über ihn überdenkst."

„Du legst dich aber ganz schön für deinen Freund ins Zeug. Und weil Hanfri so ein Unschuldslamm ist, hat er dich zu mir geschickt, richtig?"

„ Quatsch, der hat keine Ahnung, dass ich mich mit dir unterhalte. Ich habe ihm geraten, sich heute krank zu melden, damit er dir bloß nicht über den Weg läuft. Und außerdem konnte ich ja nicht absehen, wie lange ich auf dich warten muss.“

„Auf mich warten?“

„Ja, auf dich warten. Ich wäre erst aus der BVG rausgegangen, wenn ich mit dir gesprochen hätte. Und wenn ich den ganzen Tag hätte warten müssen. Es wäre mir egal gewesen.“

„Du, das ist ja alles schön und gut. Aber was ist mit dem Jazzy-Date? Das wirft nicht gerade ein gutes Licht auf Hanfri.“

„Was das Date mit Jazzy betrifft, daran bin ich ebenfalls nicht ganz unschuldig.“ Laura schaute in verdutzt an. „Hanfri rief mich während des Dates an“, fuhr Jochen fort. „Er wollte es sofort beenden, weil sie, so Hanfris O-Ton, *dumm sei wie Stroh*. Sie schrieb in ihrem Profil so Sachen wie *Beim Ausgehen zahlt der Mann* und so weiter und so fort. Ich ermutigte Hanfri, doch einfach ein wenig Spaß zu haben. Er regte sich über meinen Vorschlag auf, beendete das Telefonat und ging zurück, um dem Date ein Ende zu bereiten. Und da hatte Jazzy aber schon eine verdammt teure Flasche Wein bestellt. Wer die zahlen durfte, kannst du dir ja denken.“

Laura lachte laut auf. „Ja, das sieht ihr ähnlich.“

„Da hat sich Hanfri halt entschieden, ihr Spiel mitzuspielen. Jazzy ist ja nicht gerade hässlich, das kann man einem Mann schon nicht verübeln.“

„Und jetzt möchtest du mir als letzte Erklärung noch liefern, dass Hanfri mich für eine Lesbe hielt, richtig?"

„Nein, das möchte ich nicht. Im Grunde genommen ist die Lüge von den Beiden sogar noch das Beste an der ganzen Geschichte."

„Das verstehe ich nicht."

„Na ja, weil Hanfri fälschlicherweise annahm, dass du lesbisch bist, da hat er..." Er hielt kurz inne und überlegte. „Weißt du, als ihr beide euch vom Barbecue davongestohlen habt, das hat er mir erzählt, da war er einfach nur ganz Hanfri. Ohne jegliche Hintergedanken. Das ist doch super. Einziger Knackpunkt: Er hat deinen Abschiedskuss als freundschaftliche Geste interpretiert und nicht als das verstanden, was er eigentlich bedeuten sollte."

„Jochen, ich finde es toll, dass du dich so für deinen Freund einsetzt. Sowas gibt es heute nicht mehr oft. Und wenn ich alles überdenke, kann ich es ja auch verstehen. Aber mal im Ernst, was soll ich jetzt machen? Soll ich zu Hanfri gehen, sagen *Friede, Freude, Eierkuchen*? Nein, das geht nicht."

„Ich denke, dass solltest du auch nicht tun. Ich finde aber, dass Hanfri eine zweite Chance verdient hat. Das bedeutet aber nicht, dass wir oder besser du ihm alles auf dem Silbertablett servieren sollst. Das wäre auch zu viel verlangt. Aber was wäre denn, wenn Hanfri dich nach einer Verabredung fragt? Würdest du dann Ja sagen und dich mit ihm treffen?"

„Ich denke schon." Laura war noch etwas unsicher. Jochen lachte sie an.

„Na, das ist doch super. Aber damit wir uns hier klar
verstehen: Hanfri soll sich schon anstrengen und sich was
Schönes für euer Date überlegen. Deal?“

„Deal.“

Nach dem Spaziergang mit Jochen fühlte sich Laura
besser, erleichtert irgendwie. Als sie das Foyer der BVG betrat, winkte ihr Hilde aufgeregt zu: „Laura, deine Kollegen
haben schon ein paar Mal angerufen. Du wirst oben ganz
dringend gebraucht!“

„Ich weiß“, lachte Laura und sprang beschwingt die
Treppe hoch.

Jochen war erleichtert. Er fühlte sich gut, mit Laura gesprochen zu haben. Und vor allen Dingen, dass sie Hanfri
noch eine Chance geben wollte. Sein Plan hatte funktioniert, auch wenn Laura es ihm nicht gerade einfach gemacht hatte. Egal, das Ergebnis zählte. Nun war es an der
Zeit, Hanfri anzurufen.

Krankfeiern war nun gar nicht Hanfris Art, aber er hatte
Jochens Vorschlag befolgt und sich für einen Tag krank gemeldet. Er war ganz dankbar, Andreas und Bernd nicht sehen zu müssen und Laura wollte er auch nicht gerade über
den Weg laufen. Zuerst musste er seine Gedanken ordnen.
Er lag auf seiner Couch, der Fernseher war eingeschaltet
und es lief ein Morgenmagazin. Doch er achtete gar nicht
darauf. Die ganze Geschichte mit Laura bereitete ihm
Kopfzerbrechen. Sein Handy klingelte.

„Jochen.“

„Hey Hanfri, du krankes Huhn?", lachte Jochen ins Telefon.

„Ach, hör auf, das ist das erste Mal, dass ich blau mache. Ich fühle mich komisch dabei. Aber ich bin froh heute keinen der drei sehen zu müssen."

„Sehr gut. Ich habe einen Plan." Jochen legte direkt los. „Morgen gehst du zu Laura und sagst ihr, dass du dich mit ihr treffen möchtest."

„Du bist verrückt. Nach allem, was passiert ist, wird sie Nein sagen."

„Nein, sie wird Ja sagen."

„Woher willst du denn das wissen?"

„Ich weiß es eben. Alter, stell dir diese Frage jetzt nicht. Erinnerst du dich noch, was du mir gesagt hast, was du tun würdest, wenn du noch eine Chance bei Laura hättest?"

„Ja..." Hanfri überlegte kurz „Ich würde versuchen, ihr das perfekte Date zu..."

„Und genau das machst du", unterbrach Jochen ihn. „Schlage ihr einfach Sonntag vor."

„Was soll ich denn mit ihr machen?"

„Hanfri, das..." Jochen machte eine theatralische Pause, „...das liegt nun ganz an dir. Du bist ein kreativer Kopf. Du hast jetzt den ganzen Tag Zeit, dir was Schönes zu überlegen. Und am besten überlegst du dir auch gleich, wie du die Hosen herunter lässt."

„Jochen! Kannst du eigentlich nur an Sex denken?"

„Das meinte ich nicht, du solltest dir aber schon sehr genau überlegen, wie du Laura alles erklärst, mit *FindHer*, mit Jazzy, und, und, und. Verstehst du, wovon ich rede?"

Hanfri schluckte.

„Ja, ich denke schon."

„Sehr gut. Ich muss jetzt Schluss machen, habe noch einen wichtigen Termin. Halt die Ohren steif, Lieblingskumpel, und viel Erfolg." Jochen legte auf und Hanfri ließ sich auf die Couch fallen. Er dachte nach. *Was könnte er mit Laura unternehmen? Was könnte Laura gefallen? Womit könnte er sie überraschen? Was ist romantisch ohne dass es zu aufgesetzt wirkt? Was mag sie besonders gerne? Um welche Uhrzeit sollten sie sich treffen? Wo sind sie ungestört, ohne dass sie alleine sind?* Er nahm sich sein Laptop und fing an, ein wenig bei Google zu stöbern. Gegen Nachmittag hatte er dann endlich die zündende Idee und verbrachte den Rest des Tages mit der Planung für DAS Date mit Laura.

Am nächsten Morgen im BVG-Gebäude stand Hanfri lange nur da. Sein Puls raste. Er wollte Laura fragen, ob sie sich mit ihm am Sonntag treffen wollte. Nur, wann sollte er es am besten machen? Er stand vor seiner Bürotür und überlegte. Ach, Scheiß der Hund drauf. Was habe ich denn schon zu verlieren? Schlimmstenfalls sagt sie Nein, redete er sich Mut zu, drehte sich um und ging Richtung Lauras Büro. Es lag einen Stock höher, direkt am Ende des Korridors. Die Tür stand offen und er konnte ihr Lachen hören. Mit jedem Schritt schlug sein Herz lauter, seine Schritte wurden langsamer, sein Atem stockte. Er bekam kaum noch Luft. In seinem Kopf ging er noch einmal durch, wie er seine Einladung formulieren wollte.

„Dein Büro ist ein Stock tiefer." Laura stand vor ihm.

„Laura."

„Ja, das bin ich. Hast du dich verlaufen?"

„Nein."

„Sondern?"

„Ich wollte..."

„Ja?"

„Ich..." Hanfri zögerte. Die Worte steckten wie Klöße in seinem Hals. „Also ich..."

„Also ich wollte mir gerade einen Tee holen. Und was wolltest du, Hanfri?", fragte Laura fordernd, nicht zu freundlich, aber auch nicht gerade abwehrend.

„Ich möchte...ich dachte...ich..." Hanfri bekam Schweißperlen auf der Stirn.

„Hanfri, du schwitzt ja, bist du nervös?"

„Ja", stammelte er. Dann nahm er all seinen Mut zusammen. „Sonntag, 5.30 Uhr morgens, S-Bahnhof Südkreuz."

„Sonntagmorgen, 5.30 Uhr am Südkreuz?", fragte sie ungläubig.

„Ja. Ich möchte dich dann gerne treffen."

„So früh? Du weißt schon, dass Sonntag, nun, Sonntag ist. So ein Tag zum Ausschlafen."

„Ja, ich weiß, trotzdem. 5.30 Uhr? Okay?"

„Okay."

„Okay?"

„Ja, sagte ich doch. Okay."

„Und du willst nicht wissen, warum und weshalb und was wir machen?"

„Nö."

„Okay."

„Das sagtest du schon, Hanfri. Wir sehen uns vielleicht später, ansonsten dann Sonntag. Ich brauche jetzt meinen Tee." Laura ließ ihn einfach stehen und er konnte nicht sehen, dass sie freudig lächelte. Sie hatte ja gesagt. Hanfri konnte es nicht fassen. Er hatte felsenfest mit einer Absage gerechnet.

Andreas und Bernd begrüßten ihn überschwänglich. „Hey Kollege, schön, dass du wieder da bist. Wir möchten gerne mit dir reden. Es geht noch mal um Laura...", fing Andreas an.

„Jungs, bitte nicht heute."

„Aber es liegt uns am Herzen. Wir wollen uns entschuldigen und deshalb haben wir..."

„Entschuldigung angenommen. Und jetzt lasst uns bitte über etwas anderes reden. Einverstanden? Danke."

„Aber..." Weiter kam Andreas nicht, denn Bernd gab ihm mit einem kopfschüttelnden Blick zu verstehen, dass es wohl besser sei, nicht weiterzureden.

Das Ziel war klar. Hanfri wollte Laura zurückgewinnen. Deswegen hatte er sich überlegt, sie mit einem irischen Frühstückspicknick auf dem Tempelhofer Feld zu überraschen. Er wusste, dass sie Natur mochte und auch die irische Küche. Müsste also klappen.

Wenn sie sich um 5.30 Uhr treffen würden, müssten sie noch den Sonnenaufgang genießen können. Und der ist auf dem Tempelhofer Feld mindestens genauso romantisch wie der Sonnenuntergang. Mit dem feinen Unterschied, dass man im Sommer kurz nach Sonnenuntergang das Feld verlassen muss. Sie dagegen hätten, lief alles nach Plan, noch den ganzen Tag Zeit. Zeit auf der Wiese, Zeit füreinander. Er durchsuchte das Internet nach Rezepten traditioneller irischer Gerichte, kaufte ein und bereitete in der Küche alles vor. Er war nicht gerade das, was man einen begnadeten Koch nennen könnte. Sogar Hobbykoch wäre eine Übertreibung, aber wenn er brav nach Rezept kochen würde, müsste es schon klappen. Er kaufte einen kleinen Gaskocher mit passendem Topf und Pfanne, damit er alles vor Ort zubereiten konnte.

Hanfri ließ wirklich kein Detail aus. Er informierte sich auf Wikipedia über die komplette Geschichte vom Tempelhofer Feld, nur für den Fall, dass ihnen die Gesprächsthemen ausgingen. Und sollte das Date anders enden als erhofft, bliebe Laura die Erinnerung an ein einmaliges Picknick. Das wäre dann immerhin ein kleiner Trost für ihn.

5.00 Uhr, Sonntagmorgen. Hanfri wartete am Bahnhof Südkreuz. Neben sich ein Hartschalenkoffer, den er aus Ermangelung eines klassischen Picknickkorbes als solchen umfunktioniert hatte und eine Reisetasche. Im Hartschalenkoffer hatte er alles in Tupperdosen Verpackte, eine Thermoskanne mit heißem Tee, eine Flasche Orangensaft. Irgendwo hatte er gelesen, dass Iren ihren Tee gerne mit Orangensaft trinken. Er hatte zwar keinen blassen Schimmer, ob Laura das auch tat, aber er war vorbereitet. Selbst wenn sie ihren Tee nicht mit Orangensaft trinken würde, könnte dies für einen Lacher sorgen und ihr zeigen, dass er sich mächtig Gedanken gemacht hatte.

Er hatte auch eine kalte Flasche Sekt in einer Kühltasche eingepackt. Für den Fall der Fälle. Die Reisetasche war mit allen anderen wichtigen Utensilien gefüllt: Decke, zwei Kissen, Picknickgeschirr, Servietten, Teebecher, Plastikbecher für den Sekt, zwei Baseballmützen aus seinen Schulzeiten, falls die Sonne zu stark blenden sollte. Die hatte er aus einer alten Kiste im Keller herausgekramt. Sogar ein Kartenspiel hatte er eingepackt. Zwar hatte er keine Idee, warum das den Weg in die Tasche gefunden hatte, aber wer weiß, vielleicht könnten sie es ja brauchen. Dann noch einen Pullover und eine Strickjacke, falls sie frieren sollten. Die hatte er noch in allerletzter Sekunde eingepackt, als er kurz nach dem Aufstehen um halb vier merkte, dass es draußen noch etwas frisch war.

Die Wartezeit verging langsam. Sehr langsam. Im Kopf ging Hanfri noch einmal alles durch. Er hatte das zwar schon zigmal gemacht, aber es könnte ja nicht schaden, es noch einmal zu tun. Um es mit Jochens Worten zu sagen: Irgendwann musste er heute vor Laura die Hosen runterlassen. Dazu müsste er den richtigen Moment abpassen. Er war sich unsicher, ob er alles so erzählen sollte, wie es wirklich war. Würde sie ihm die Geschichte mit Jochens Foto aus Amsterdam wirklich glauben? Er hatte alles bis ins Detail geplant, doch hier hatte sein Plan noch eine kleine Lücke.

„Guten Morgen, Frühaufsteher", riss Laura ihn aus seinen Gedanken. „Bist du sicher, dass du hier auf mich wartest und nicht auf den Zug nach Irgendwo?"

„Ähm, was?" Da stand sie. Direkt vor ihm, in einem dunkelblauen, knielangen Sommerkleid und einer weißen, leichten Jacke. Ein wunderschöner Kontrast zu ihren rotblonden Haaren.

„Du schaust aus, als wolltest du verreisen? Oder möchtest du mich auf einen Städtekurztrip entführen? Da muss ich dich enttäuschen, denn ich habe weder eine Zahnbürste, noch Unterwäsche zum Wechseln dabei." Laura lachte.

„Nein, wie kommst du denn darauf?"

„Hanfri", sie schaute ihn ernst und gleichzeitig etwas amüsiert an, „sieh dich mal an. Du stehst hier mit einem Hartschalenkoffer und einer Reisetasche vor mir. Am Bahnhof. Was soll ich denn da denken?" Hanfri schaute seinen Koffer an, dann seine Reisetasche. Doch ehe er was sagen konnte, fuhr Laura fort: „Oder möchtest du mir jetzt sagen, dass du Berlin verlässt und wir uns nie wieder sehen? Also dafür hättest du dir doch ein theatralischeres Szenario ausdenken können."

„Nein, es ist nicht das…“ Seine Worte wurden langsamer und obwohl er sich bewusst wurde, was er gerade sagte, flossen sie dennoch wie von selbst aus seinem Mund: „… es ist nicht das, wonach es aussieht.“

„Hanfri“, sie bekam eine ernste Miene, „das habe ich schon einmal von dir gehört und offen gestanden möchte ich jetzt gerade nicht daran erinnert werden. Es sei denn, du…“

„Nein!“, schrie Hanfri, „ich möchte mit dir picknicken. Wir beide… Heute. Jetzt. Ich habe nur keinen Picknickkorb, deswegen habe ich alles in meinen Koffer gepackt.“ Laura amtete auf.

„Ach so, das ist ja süß von dir. Na dann, auf Ich habe Hunger und Tee habe ich auch noch keinen getrunken.“

„Ich habe alles dabei.“

„Dann lass mich mal den Koffer nehmen.“ Laura nahm ihm den Koffer ab und zog ihn hinter sich her.

„Wo müssen wir lang?“

„Wir müssen dort entlang.“ Hanfri zeigte mit seiner Hand die Richtung an und führte sie aus dem Bahnhof heraus. „Es ist nur ein kleiner Fußmarsch, aber ich möchte dir eine der schönsten Straßen in Berlin zeigen.“

„Oh, da bin ich aber gespannt“, erwiderte Laura neugierig. Sie liefen an den Bahnschienen entlang und die Morgendämmerung setzte langsam ein.

„Jetzt müssen wir hier rechts“, lotste Hanfri Laura in einen kleinen Weg, der sie an ein paar Schrebergärten vorbeiführte.

„Schau hier, ist das nicht schön?“ Hanfri zeigte auf die Straße vor ihnen. Die beiden Fahrtrichtungen waren durch einen kleinen parkähnlichen Grünstreifen getrennt. Links und rechts standen winzige, gemütliche Einfamilienhäuser mit liebevoll gepflegten Vorgärten. An einigen Hauswänden rankte Weinlaub empor. Laura staunte: „Ich fasse es nicht. Sind wir immer noch in Berlin? Das schaut hier aus wie in einem kleinen Dorf."

„Ja", stimmte Hanfri zu. „Und es ist so friedlich hier."

„Wie hast du nur diese Straße entdeckt? Sie ist wunderschön."

„Die habe ich letztes Jahr zufällig mal entdeckt, als ich mit Bianca...", er stockte. Er hatte sich doch vorgenommen, diesen Namen heute nicht zu erwähnen. Laura merkte, dass es ihm unangenehm war und lenkte ab.

„Hanfri, ich bekomme allmählich Hunger. Ist es noch weit?"

„Nein, wir sind gleich da." Sie spazierten weiter Richtung Tempelhofer Damm und vor ihnen erhob sich das alte Gebäude des Tempelhofer Flughafens.

„Ist das dein Ernst? Wir frühstücken auf dem Tempelhofer Feld?" Er schaute sie etwas schüchtern und verunsichert an.

„Ähm..."

„Das ist ja eine Superidee. Ich kenne das Tempelhofer Feld nur abends, wenn es von grillwütigen Massen überflutet ist. So früh morgens war ich noch nie hier." Hanfri lächelte in sich hinein und freute sich, dass der erste Teil seiner Überraschung gelungen war. Er führte sie zu einem kleinen Eingang neben dem Flughafengebäude. Auch wenn er alles so genau geplant hatte, jetzt war er selbst von dem Anblick überwältigt. Die Sonne begann gerade aufzugehen und es leuchtete sie ein großer, roter Feuerball an. Der hintere Teil des Tempelhofer Feldes und die beiden Landebahnen waren in schwere Nebelschwaden gehüllt und es blies ihnen eine frische Morgenbrise um die Ohren. Das Gras war noch feucht vom Morgentau und weiter hinten im Nebel zeichnete sich ein Jogger ab. Ansonsten waren sie ganz alleine auf dem Feld.

Laura blieb stehen, schloss die Augen, streckte beide Arme von sich und atmete mit großer Gestik ein und aus. Hanfri schaute ihr zu und dachte sich: Mein Gott, in der Morgenröte sieht sie noch umwerfender aus. Sie öffnete ihre Augen und schaute sich um. Sie streckte ihren rechten Arm aus und zeigte mitten aufs Feld.

„Hanfri, lass uns dort frühstücken." Sie fühlte mit ihren Händen das feuchte Gras. „Ich liebe diese Atmosphäre am Morgen. Hör nur, wie die ganzen Vögel uns begrüßen." Erst jetzt fiel Hanfri auf, dass sie eigentlich alles andere als alleine waren. Sämtliche Vogelarten zwitscherten und piepten fröhlich um die Wette. Er fing an, auszupacken. Zuerst breitete er die Decke aus und drapierte die beiden Kissen darauf.

„Setz dich doch, Laura. Mach es dir gemütlich."

„Kann ich dir irgendwie helfen, Hanfri?" Sie war total perplex.

„Nein, lass nur. Ich mach das schon." Überrascht und beeindruckt schaute sie ihm dabei zu, wie er sämtliche Dinge aus dem Koffer und der Reisetasche zauberte. Hanfri konzentrierte sich, um bloß nichts verkehrt machen.

„Lass uns was trinken und diesen wahnsinnigen Sonnenaufgang genießen."

„Okay", willigte Hanfri ein. Er griff die Thermoskanne mit Tee.

„Magst du deinen Tee lieber schwarz oder mit einem Schuss Orangensaft?"

„Orangensaft?"

„Ja, Orangensaft… So trinkt man doch in Irland seinen Tee, oder?", fragte er leicht verunsichert.

Laura prustete: „Oh mein Gott, wo hast du das denn gelesen? Bei Wikipedia?"

„Ehrlich gesagt, ja… oder irgendwo anders. Wie magst du deinen Tee nun? Schwarz oder mit Orangensaft?"

„Schwarz bitte und den Orangensaft hätte ich gerne später." Gemeinsam und Tee trinkend schauten sie in den Sonnenaufgang. Sie genossen den Augenblick und Hanfri beobachtete Laura aus dem Augenwinkel. Sie stütze sich mit den beiden Händen ab, lehnte sich zurück und schaute etwas verträumt in die Sonne.

„Hanfri, das ist wunderschön."

„Ja." Dann schwiegen sie.

Vor ihnen flatterten zwei Vögel über den Rasen und suchten nach Grillresten vom Vorabend. Hanfri zeigte mit dem Finger auf sie: „Das sind Nebelkrähen. Die gibt es in meiner niedersächsischen Heimat nicht, erst östlich der Elbe. Nachdem der Flughafen hier stillgelegt wurde, haben sich hier unzählige Vogelarten eingenistet." Nachdenklich beobachteten sie die Vögel eine Weile.

„Ich bin ganz gespannt, was wir frühstücken." Laura linste in die Reisetasche.

„Ich dachte mir…", stotterte er, „wir genießen ein kleines irisches Frühstück."

„Irisches Frühstück? Du weißt schon, dass wir in Irland am liebsten so richtig deftig frühstücken."

„Ja, ich weiß", entgegnete er und holte als nächstes den Gaskocher aus der Reisetasche. Dann packte er die Tupperdosen aus und stellte sie ordentlich nebeneinander auf. Laura traute ihren Augen kaum, als Hanfri die Bratpfanne aus dem Koffer zog.

„Ich habe Black & White Tard, baked beans, vorgebratene Bratkartoffeln und Eier für Spiegeleier. Das werfe ich jetzt alles nacheinander in die Pfanne. Also zumindest hatte ich das vor."

„Das ist ja ein ganzes Menü und das um diese Uhrzeit! Ich bin begeistert." Sie strahlte ihn an. Hanfri strahlte zurück, entfachte den Gaskocher und fing zu kochen an. Liebevoll richtete er zwei Teller an und reichte Laura ihren.

„Guten Appetit, Laura."

„Guten Appetit, Hanfri." Laura schmatzte genüsslich.

„Oh wow, das hätte meine Mutter nicht besser kochen können. Gibt es noch mehr?"

„Na klar", freute sich Hanfri und gab ihr Nachschlag. Laura schaute sich um. So allmählich belebte sich das Feld. Jogger, Spaziergänger und Radfahrer drehten ihre Runden auf den Landebahnen und weiter hinten hisste gerade ein Kitelandboarder sein Segel.

„Hanfri, ich bin echt beeindruckt. Wann hast du denn alles vorbereitet? Und wie kamst du auf die Idee mit dem Picknick und warum?"

„Warum? Du fragst mich echt, warum? Ich weiß nicht, was ich dir antworten soll." Hanfri war verunsichert.

„Ich glaube dir nicht. Wirklich, das ist so ein romantisches Date, ich bin echt beeindruckt."

„Du hälst das für ein Date?"

„Ja, was denn sonst?"

Hanfri dachte kurz nach. Eigentlich wäre das nun der Moment, Laura alles zu beichten.

„Also offen gestanden wollte ich dir gerne etwas sagen. Aber ich wusste nicht, wie ich es am besten machen kann. Von daher dachte ich, ein kleines Frühstück würde es mir erleichtern." Hanfris Herz pochte laut in seiner Brust.

„Schau mal, wie schön die Sonne aufgeht. Ich habe untertrieben. Das hier ist das beste Date *ever*." Laura schaute zur aufgehenden Sonne, dann lächelte sie ihn an. „Du kannst mir alles sagen, Hanfri."

Er hielt kurz inne und sagte dann: „Ich möchte dir meine ganze Geschichte erzählen. Ich habe gelogen, als ich gesagt habe, dass ich nicht bei *FindHer* bin und ich will dir gerne erzählen, warum..."

Laura legte ihren Zeigefinger auf Hanfris Lippen. „Psst Hanfri, ich möchte dir auch gerne etwas sagen."

„Ja?"

„Hanfri... ich bin lesbisch."

Hanfris Gesichtszüge entglitten.

„Aber für dich", fuhr sie fort, und näherte sich ihm,

„..für dich mache ich eine kleine Ausnahme."

Ihr Mund näherte sich seinem.

Sie küsste ihn - und dieses Mal richtig auf den Mund.

DANK

Ich danke Emma und Marwin, meiner Familie und allen Freunden, die das Buch von Anfang an mitbegleitet haben.
Mein besonderer Dank gilt Alexander Broicher, finebooks und Ramona für die dramaturgische Beratung.
Last but not least: Tinder, Lovoo, Badoo und der BVG.

Ebenfalls im fineBooks Verlag erschienen:

„Eine Reisegeschichte wie das wahre Leben
traurig und irritierend, schön
und sehr, sehr lustig."
André Boße (UniSPIEGEL / Musikexpress)

Tim Ross bricht spontan mit seinem Leben und
beginnt gleich zwei Reisen: eine um die Welt
und eine in sein Unterbewusstsein.
Sein Trip zu den abgelegensten Orten führt ihn
auch zum Kern der menschlichen Suche nach
Sinn, bei der die Grenzen zwischen exotischer
Realität und Phantasie immer weiter verschwim-
men.